与子偕行

李清彪开学/毕业典礼致辞

李清彪　著

厦门大学出版社　XIAMEN UNIVERSITY PRESS

国家一级出版社
全国百佳图书出版单位

图书在版编目（CIP）数据

与子偕行 ：李清彪开学/毕业典礼致辞 / 李清彪著.
厦门 ：厦门大学出版社，2025. 8. -- ISBN 978-7-5615-
9833-7

Ⅰ. I267

中国国家版本馆 CIP 数据核字第 20257MG504 号

责任编辑　高　健
美术编辑　李夏凌　江欣洋
技术编辑　朱　楷

出版发行　*厦门大学出版社*
社　　址　厦门市软件园二期望海路 39 号
邮政编码　361008
总　　机　0592-2181111　0592-2181406(传真)
营销中心　0592-2184458　0592-2181365
网　　址　http://www.xmupress.com
邮　　箱　xmup@xmupress.com
印　　刷　厦门集大印刷有限公司

开本　889 mm×1 194 mm　1/32
印张　8
插页　1
字数　150 千字
版次　2025 年 8 月第 1 版
印次　2025 年 8 月第 1 次印刷
定价　60.00 元

厦门大学出版社
微信二维码

厦门大学出版社
微博二维码

本书如有印装质量问题请直接寄承印厂调换
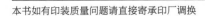

序　言

　　大学，作为青年学子梦寐以求的殿堂，在一个人的成长过程中发挥着重要的作用。当高考上岸走进大学的时候，很多学子免不了会有些迷茫和不知所措，大学校长或老师应该在相当于大学第一课的开学典礼上介绍学校的办学理念和办学目标，并引导学生用好大学、读好大学。而大学的毕业典礼作为学子离开大学前的最后一课，校长或老师更应该给予即将步入社会的他们必要的嘱托和建议，以引导毕业生更快地适应社会，更良性地发展自我，更顺利地成为国家、社会、家庭的有用之人，为国家和社会作更大的贡献。

　　本人曾经有幸以厦门大学教师代表、泉州师范学院校长和集美大学校长身份在相应大学开学典礼和毕业典礼上发言（也叫讲话或致辞）。作为一个16岁就进入大学并连续获得学士、硕士、博士学位，随即从事博士后研究，之后一直在大学从事教学科研和管理，伴随着大学发展而成长的"老学生"，对于大学和大学生活，对于学生的大学学习和步入社会后的发展等方面，还是积累了一些经验和思考的。本人希望讲话稿的内容不仅能萃取自己的经验和感悟，而且能汇集其他优秀教育工作者的智慧，包含中华优秀传统文化的精髓，不仅能浓缩提炼不同年代学生学习与工作经历中的特色和精华，而且能跟上日新月异的时代步伐，并因此能给予青年学子尽可能多的参考、帮助或引导。基于这样的考虑以及对开学典礼、毕业典礼讲话在大学校园文化建设中重要性的认识，每当这样的机会来临时，本人都非常重视，舍得花时间和精力去认真构思并精心写作，不仅与办公室人员不断讨论修改，而且同热心教育的其他同事、朋友反复交流。有些讲话稿要耗时数月历经十几次甚至几十次的修改后才能定稿。对讲话稿内容发自内心的朴素声音和对其完成过程精雕细琢的务实态度，是本人汇集出版这些讲话稿的底气。

这么多次讲话，无论是现场的热烈掌声，还是会后线上线下、当面背后各种各样的正面评论和肯定，甚至社会各界人士会对下一年的讲话有所期盼，这些既给了本人莫大的鼓励，也无形中增加了压力，最终客观上鞭策本人把下一次讲话稿写好讲好。由于现代媒体技术的进步，本人在集美大学开学典礼和毕业典礼上的14次讲话（不含在研究生开学典礼上的讲话），在社会上的传播更迅速且更广泛，影响也更大，先后多次被中央媒体新媒体端和省市地方媒体平台报道。本人所在的化工领域的很多学者也因此关注到这些讲话，每每在学术交流等会议上碰面，不少同仁会提及这些讲话对他们的触动和影响，并给予充分的肯定。有人还多次问询有没有结集出版成书，其中有位颇有名望的化工教授甚至说："你那些讲话稿的影响力和贡献力，应该比你发表的数百篇SCI论文更有价值、更有意义。"外界的肯定和鼓励，是出版本书的起因和勇气。

记得有位知名的教授对我说："听了您的毕业典礼讲话后，我找到讲话原稿并进一步认真阅读，正是对讲话内容的深入理解帮助我走出了人生的低谷并重新焕发了活力。"他还说："您是我的人生导师！"现在他的事业正在蓬勃发展。还记得有一年毕业典礼后，有位退休老同志讲："你的那个讲话只听一遍是不够的，我找到了你的讲话原稿，一口气读了好几遍，即便到了我这个年纪，仍然感触颇深。这些讲话稿应该让更多的人看到！""热热闹闹地听过和仔仔细细地读过那是完全不一样的，只读一两篇讲话稿也是不够的，如果能将你的系列讲话稿静静地读下来，对于认知的提升作用将会更加全面系统，对于人生格局和生命价值的认识会提高一个层次。"客观来说，因为在典礼上的讲话时长有限，每年的讲话只能聚焦在一两个点上，不可能讲得很全面，所以，结集出版确实便于感兴趣的读者系统阅读。这也是出版本书的动力之一。

本书共收录了15篇开学典礼讲话和11篇毕业典礼讲话，开学典礼讲话汇为上篇"开门见山"，毕业典礼讲话汇为下篇"山高路远"，单位编排顺序为集美大学、泉州师范学院和厦门大学，在同一个单位同一层次的讲话按时间先后顺序编排。

本书所收集的这些文稿都是当时讲话的原文，可能会带着彼时的时间烙印和年代特点，但总的来说，对于大学生等年轻人，无论是即将走入大学或者已在大学学习，还是已经步入社会工作，应该都具有较好的参考价值。所以，本书的读者对象主要为年轻人（尤其是在校大学生、大学毕业生、准备考大学的高中生等年轻人）及其家长和老师。当然，对于喜欢思考人生价值和有志于实现更好发展的其他群体也具有一定的参考价值。不同的读者可以根据自己的需求来选择阅读其中的一部分或全部，比如低年级大学生和即将高考的高中生可以先重点阅读上篇"开门见山"，高年级大学生和大学毕业生可以重点阅读下篇"山高路远"。

由于本书是讲话稿集，鉴于口头传播的特殊性，原稿中引用他人的一些内容和资料没能全面地标注出处或给予引用说明，在此也特别说明一下，并向相关人士和单位表示感谢！在不同学校的讲话内容可能会有交叉重复，为了保留彼时的真实性，没有进行删减，也希望得到大家的理解和支持。本书的出版，必须感谢对每一篇文稿的形成有贡献的大学办公室人员、相关的老师和社会各界的朋友，尤其是集美大学的王高尧与魏纯辉、泉州师范学院的陈全宝与李山宏、厦门大学的刘春英等，当然也包括曾经听过本人讲话并给予反馈的同学与老师，本书得以出版还必须感谢厦大出版社领导和编辑的大力支持与帮助。

李清彪

2025 年 4 月 2 日

目 录
CONTENTS

上 篇
开门见山——在大学开学典礼上的讲话

2　泉州师范学院（作为校长）

▼

下　篇

山高路远——在大学毕业典礼上的致辞

上篇

开门见山

——在大学开学典礼上的讲话

1 集美大学（作为校长）

2 泉州师范学院（作为校长）

3 厦门大学（作为教师代表）

大学的开学典礼，既是一所大学迎来新生的开门仪式，也是大学管理者和教授对大学人才培养理念的传播或宣示。面对一双双充满好奇和期盼的眼睛，开学典礼的讲话就显得尤为重要，既要热情洋溢，又要饱含大学管理者的期望和要求。

　　开学典礼的讲话就是要为刚刚入学的同学打开"大学之门"，要让他们进一步认识何为大学，大学里有什么，在大学里要学什么，应该怎么学，将来社会需要什么，自己应该成为什么样的人。大学不仅拥有大楼，而且有大师，更有大爱，既有物质上的高大上，也有精神上的真善美，每一方面都像是一座座蕴藏丰富的高山，是同学们学习的榜样或追求的目标。在这里，同学们在强健体魄、探讨学术之外，更需要得到"灵魂之净化与塑造、视野之开阔与延伸、智力之挖掘与发展、能力之培养与提升"。大学四年甚至更长时间内，同学们应该在塑品格、强能力、补短板、强意志方面下足功夫，充分打上所在大学的烙印，并及时跟上时代的步伐，为将来成为一座座新的大山打好必要的人格、知识和能力基础!

上篇共收录 15 篇讲话稿,包括在研究生开学典礼上的讲话,其中有一些讲话在当时就受到了社会上的不少关注和好评,比如,在集美大学 2022 级本科生开学典礼上的讲话《知己知彼明方向 扬长补短莫等闲》在"白鹿视频"微博号转载后的浏览量达 1.2 亿次、 互动超过 16.6 万次。

1 集美大学 （作为校长）

深度学习养智慧　精神熏陶育品格

——在集美大学 2017 级本科生开学典礼上的讲话

2017 年 9 月 15 日

亲爱的同学们：

大家下午好！

金色而炎热的秋天，我校迎来了 2017 级的新同学，在此，我代表全校师生员工，对你们的到来表示热烈的欢迎！对培养你们的老师和亲人们表示热烈的祝贺！

当你们追逐多年的大学梦想终于驻足于厦门集美时，集美大学已经是你们的真实遇见，不管是满心欢喜，还是心有不甘，你们一定都怀揣着对人生的憧憬走进了集大，并将在陈嘉庚先生的故乡开启自己的新征程。

金砖会议期间，当美妙绝伦的我校夜景在央视多次播放时，海内外集大人无不为之兴奋与骄傲，当天各媒体集中介绍的一个人就是我们的校主——陈嘉庚先生。正是陈嘉庚先生倾资兴学，才有了今天的集美大学。这两天你们应该也大致地领略了校园的自然与风情之美，但相信你们还无法领悟伟大的嘉庚精神。嘉庚精神是我校的立校之本，值得你们用四年甚至一生的时间去学习，去传承，去弘扬！

上大学是每一个中学生的梦想，不同的人对大学生活的理解却千差万别：父母说，大学是未来找到好工作、走向成功的必经途径；中学老师说，大学是高考之后的天堂，可以开启自由浪漫的开挂模式；学长学姐说，大学有丰富多彩的社团和活动，是青春的舞台；大学老师说，大学更要努力增长学识，逃课或"挂科"是会被降级甚至开除的，需要保持"学霸"模式。

那么，在你们的心中，大学生活应该是什么样的呢？你读大学的意义何在？

当你追溯大学发展历程，感受大学的古老和沧桑、青春和活力，真正触摸到大学的灵魂时，你就能明白，大学不是风花雪月的浪漫，不是纵情玩乐的游乐场，不是职业培训机构，更不是换取证书的地方！大学是勤奋追梦者的天堂，是浪费时间者的地狱！

即将开启大学生活，你们首先需要了解大学的前世今生，了解集美大学的历史，只有这样才能真正懂得大学对于你们一生的重要价值，才能知道为什么要上大学。

一、大学的前世今生

大学的历史源远流长。孔子设杏坛弦歌讲学，几株杏树就是一座校园，三千弟子围坛论道。公元前 335 年亚里士多德创办了学校吕克昂（Lyceum），他喜欢带领大家在遍布林荫小道的校园里边散步边讨论，路虽不长，但心却能走得很远。这些是大学的前世雏形，后来逐渐演化发展成古典大学。透过千年的历史，可以清晰地看到大学的初始之心，即对知识和真理坚持不懈的自由追求与探索，这种初心延绵了几千年。直至 18 世纪末 19 世纪初轰轰烈烈的工业革命时期，大学开始了对科学的研究探索，义无反顾承担起服务社会的重任。它传承思想和文化，探索并发展先进的科学技术，从社会边缘走向中心，成为引领时代发展、推动经济和社会进步的强大力量源泉。

秉持着追求知识和真理的初心，大学从历史的远方一路跌跌撞撞走来，在发展过程中逐渐拥有了包容一切的胸怀、变革创新的精神以及勇于担当的社会责任感。这些精神特质是大学的独特魅力所在，并使之能够穿越厚重历史且拥有经久不息的生命力。

今天，大学除了是知识的传承者，更是知识的发现者。无止境的探索，使大学具有了内在源源不断的创新力。汇聚知识海洋，围拢青年才俊，集结巨擘大师，引领文化思潮，成为社会的思想高原、文化辐射源和科技创新源泉，大学是培养高级人才的摇篮，各类专业人才将从大学起飞。传承与创新知识之外，大学更是思想的缔造者与传播者。大学教育的本质是修心，开启人生的智慧之光，提升品德、气质和修养。

集美大学，是一所倾注了梦想和情怀的学校。校主陈嘉庚先生，是著名爱国华侨领袖，他一生艰苦创业、倾资兴学、忠贞爱国，被毛泽东主席誉为"华侨旗帜、民族光辉"。集美大学从办学之初就确定了以"诚毅"为校训，目的是使师生铭记并发扬"诚以待人、毅以处事"的精神，这承载了嘉庚先生为国兴学的宏图壮志和教育理想。集美大学，在近百年的办学过程中，建大楼，引大师，弘大爱！集大人诚毅的品格，已经名扬四海！

二、读大学的意义

读大学的意义，不是安身立命，也不是功利地搭建人生跳板，达到跨越出身背景鸿沟走向更高阶层的目的。读大学的本质不仅是获得知识，而且是获取独立思考和正确判断的智慧。爱因斯坦说：只有具备了独立思考和判断的能力，才能形成自己独特的思想和看法，也才能拥有创新的能力。

大学无法给你最现实的利益，也可能无法让你立刻实现人生逆袭。大学期间需要将被动记忆的能力上升为主动思考的能力，学会判断和做出选择，为生命的成长确定方向，为终身学习打下基础。

读大学的意义在于接受知识和精神的熏陶，成就更好的自己，承担起社会赋予的重任。

（一）接受知识熏陶，用深度学习点燃智慧之光

大学的首要任务是学会学习。

你们也许会疑惑：小学至今学习十几年，我们怎么可能不会学习？学习不就是获得知识和技能吗？可是，我想说的

是，读大学的目的并不只是简单地获得知识，而是要学会独立、系统、深入地学习，更要获取思考和判断的智慧。

要知道，机器人分分钟存储的知识都够你学好几年的。今年，阿尔法狗（AlphaGo）击败了人类顶尖的围棋手；在"最强大脑"的舞台上，战无不胜的"水哥"王昱珩在图像比对方面输给了机器人小度，机器人显示了强大的获取知识的能力。可见，单纯地拥有知识和技能可能意味着未来会被人工智能淘汰，因为人工智能不但有大数据，而且有精准算法。要想战胜它们，只能靠智慧。智慧不是知识和能力的累加，而是它们发展的下一个阶段，人类只有经过深度学习，将所掌握的知识经过思考、分析和整合，形成自己的独特见解，用于指导实践、充实思想、涵养品格，并渗透到人类本体的生活和行为中，才能让知识进阶为智慧。

所谓深度学习，是将学到的一个节点、一个节点的碎片化知识有效链接组织起来，构建出多层次、开放、动态的知识结构和思想结构的过程，是在独立思考的基础上培养创新能力的过程。深度学习不是为了掌握知识，而是形成新知识的创造能力，形成研究方法和思维方式，形成自己独特的思想和看法，而这些恰恰是专属于自己的智慧。

智慧，不仅是对知识的创造与更新，而且包含了对情绪感知与处理的能力，以及对人生格局的扩展能力。只有经过深度学习，将历尽千帆学到的知识转化成人生的智慧，才能在归来时仍旧保持少年的美好，才能有静观花开花落、笑看云卷云舒的从容。

智慧是人类独有的，是那些没有生命和感情的机器永远无法企及的。虽然机器人小度在辨识人脸的过程中赢了"水哥"，但是小度不能像"水哥"一样创造出温暖而又活灵活现的画卷，无法给人心灵上的共鸣，更不能像"水哥"一样探索人如何与各种植物和动物、与大自然和谐相处。也没有任何人工智能机器能够像陈嘉庚先生一样做出倾资办学的举动，更不会懂得诚毅的道理。

诺贝尔文学奖获得者、德国诗人黑塞曾说："知识可以传授，但智慧不能。人们可以寻见智慧，在生命中体现出智慧，以智慧自强，以智慧来创造奇迹。"我相信，只要付出努力，你们一定能用深度学习点燃智慧之灯，创造出属于自己的奇迹。

（二）接受精神熏陶，用美养育高尚人格

美是一种力量，它启迪心灵，让心变得柔软、温暖、明亮，使人逐渐拥有对美好事物和情感的感知力，在感知和欣赏美的过程中提升修养，让人生更加精彩、优雅，充满诗意。美也是一种心灵的体操——使我们精神健康、心地善良、情感纯洁和信念端正。

大学是人生中最美的青春岁月，也是接受美育的最好场所。大学是一棵拥有特立独行思想的大树，她摇动着唤醒你们独立的思想；大学是一道穿越时空的光芒，她的优秀精神将会镌刻你们的灵魂；大学是一座引领人生的灯塔，她让你们看到远方的大山和希望；大学是一方兼容并蓄的土地，她滋养着你们，让你们种下幸福生活的种子。

前几天，习近平总书记点赞厦门"高素质""高颜值"，而集美大学就是厦门的这样一张名片，她的美是独树一帜的，这种美叫集大美，它生在集大校园，长在集大人心中。

9月4日晚上，央视直播的金砖厦门会晤文艺晚会上，集美大学新校区夜景特写展示在全世界面前，雄伟、璀璨的尚大楼群，琉璃盖顶，龙脊凤檐，气象非凡，"高大上"的美给人极大的震撼，这片现代嘉庚建筑群荣获"新中国成立60周年百项经典暨精品工程"称号（全国大学唯此一个）。老校区13栋嘉庚风格老建筑，雕梁画栋，精美绝伦，既体现中国传统文化、闽南文化的特色，又融入西方建筑的精华，中西合璧，古今交融，凝结着校主陈嘉庚的卓然智慧，体现了超越文化的永恒精神。看到这样的建筑，美从眼里流到了心底，在这样的建筑物里学习，心灵自然受到文化的洗礼。

漫步校园，随处可见的凤凰木、木棉树、白玉兰，成片成片的洋紫荆、银合欢，还有那些争奇斗艳的三角梅、扶桑花、红千层……流连忘返间，细心的同学会发现，几乎校园里每栋楼都有自己的名字。尚大楼由李尚大先生重资捐建，尚大先生是嘉庚先生的学生，秉承校主先志，还为学校捐建了村牧楼、灿英楼等。嘉庚先生的女婿李光前先生创建的李氏基金捐巨款支持我校建设嘉庚图书馆、光前体育馆、陈爱礼国际学院等。还有陈延奎楼、陈延奎图书馆、景祺楼、禹洲楼、章辉楼等，每一座建筑背后都有一段与嘉庚先生、与华侨乡贤、与集美校友有关的感人故事，充满着爱国爱乡、乐善好施的精神。每天徜徉在这些楼群中，嘉庚先生和贤达们的善举，时时刻刻触动着我们的心灵。

集大的美，更在于植根于集大人心中的嘉庚精神，这是嘉庚先生留给每一位集大人最珍贵的精神财富。无数杰出的集大人秉承着爱国、诚毅、奉献、节俭的嘉庚精神，实践着诚以待人、毅以处事的校训要求，以他们深邃的思想和独特的人格魅力，展示出悲天悯人的情怀、坚毅不屈的精神、淡泊名利的风骨与谦和包容的胸怀。甘为人梯、抚育英才、桃李芬芳的厦门教育界领军人物周君力（师范），八下南极两上北极、十次穿越南大洋风暴区的袁绍宏（航海），孜孜不倦追求真理、献身科学的全国先进工作者郑永允（水产），克服重重困难带领企业跻身中国房地产百强企业的林龙安（财经），一心为民、勇斗邪恶、保家卫国的"全国特级优秀人民警察"李铁军（体育）……他们只是我校众多校友的缩影。他们展示出为追求理想而百折不挠、九死不悔的坚毅精神。这些令人敬佩的人性之美，如清澈的流水，将静静滋润慰藉你们的心灵，让你们明白，超越物质之外，人生还应该有更高层次的精神追求。让你们懂得，在自然境界和功利境界之外，人生还可以有更加高远广阔的道德境界和天地境界！也让你们静下心来认真思考，怎样才能使人生更有价值和意义，怎样才能拥有属于自己的独特人生。这种持续不断的思考和实践，可以让你们养成诚毅之心，树立起正确的人生观、价值观和道德观，塑造起美的心灵和高尚的品格。

　　同学们，感谢你们选择了集美大学，希望你们珍惜与集大牵手的每一天，珍惜每一次学习与思考的机会，珍藏每一分成长的喜悦。不是只有轰轰烈烈、脱胎换骨才叫成长，长大从来不是一蹴而就的，而是日积月累的熏陶和一点一滴的进步，只要每天拼搏多一点、努力多一点，把更多的时间用于穿梭在大学的大楼和大师之间，感受学校的大爱，你们就能洗去青涩，成长为学识渊博、品格高尚、独立思考的个体，成长为有温度、有情趣、有人格魅力的青年。大学会因为你们的深度学习而变得更加"高大上"，集美会因为你们的优雅而变得更加"白富美"。

　　"闽海之滨有我集美乡……英才乐育，蔚为国光……诚毅二字中心藏，大家勿忘，大家勿忘。"当校歌唱响，你们就该带着使命起航：传承嘉庚精神，培育诚毅品格，深度学习成智慧，美学修为升人格。我相信，四年后，当火红的凤凰花再次开遍校园时，你们一定能够遇见最美的自己！

　　也借此机会，向此次军训的承训部队的首长和教官们表示衷心的感谢！

　　谢谢大家！

广泛涉猎阔视野　深入学习厚基础

——在集美大学 2018 级学生开学典礼上的讲话

2018 年 9 月 7 日

亲爱的同学们：

下午好！

这几天我们迎来了 2018 级的新同学，感谢你们选择了集美大学！欢迎你们走进百年集大！在这里，对培养你们的老师和亲人们表示热烈的祝贺！

再过 43 天，集美大学将迎来百年华诞。过去的 100 年，学校虽然历经沧桑，但经过一代代集大人的努力，现已发展成为一所学科门类多、特色鲜明的大学。新的百年，集大站在了建设"双一流"高水平大学的新起点上。作为百年集大的新生，你们肩负着继往开来、续写集大辉煌的使命。那么，怎样能让自己将来有能力不辱使命呢？

大学是立德树人、培养人才的地方。中国的大学"肩负着培养德智体美劳全面发展的社会主义建设者和接班人的重大任务"。校主陈嘉庚先生曾语重心长地说:"我培养你们,我并不想要你们替我做什么,我更不愿你们是国家的害虫、寄生虫;我希望于你们的只是要你们依照着'诚毅'校训,努力地读书,好好地做人,好好地替国家民族做事。"在大学成长成才的重要途径就是比高考时更加努力地学习!

大学四年之后,你们能学到什么、学到何种程度,对于你们未来的人生,对于集大的未来,对于国家和社会,都非常重要。在这里,作为一名老学生,我提两点建议。

一、广泛涉猎,开阔视野

著名史学家钱穆先生说过:"从事学问,开头定要放开脚步,教自己能眼光远大,心智开广。当知一切学问,并未如我们的想法,好像文学、史学、哲学,一切界限分明,可以互不相犯,或竟说互有抵触。当知从事学问,必该于各方面皆先有涉猎,如是才能懂得学问之大体。"

我们所处的世界是由自然和社会组成的,在自然界风卷云涌与丽日晴空的莫测变幻中,人类历史已经走过了日异月殊的五千年。社会发展到今天,为了认识和适应自然、满足人类的物质和精神需求、维持各种社会关系等，人类已经总结出了很多经验与知识，发明了很多技术，形成了人类社会特有的文化。在我国，这些知识文化、技术工程已被归纳成了 13 个学科门类、111 个一级学科，92 个专业大类、506 个专业，它们积淀了人类千年的精华，构成了对这个世界的认知基础，是你们认识世界最有效的窗口和切入点。相对于你们高中阶段 10 多门的课程，这是一个宽广得多的世界，希望你们能进一步意识到并对此保持好奇，有想去认识和追求它们的冲动。只有这样，你们才能有足够的视野看懂世界和自己，并找到职业选择的合理方向。

每个学科都有其丰富的内涵，包含了整套的专业知识和技术体系，并且仍在不断地向前发展。这众多的学科专业都与自然和社会中的现实密切相关，并且支撑着人类的生存与发展。但是人类生命进程中的很多工程和活动，并不仅仅是单一学科或专业可以支撑的，往往需要多学科专业协同和集成，只停留在单个专业的层面是解决不了问题的。所以，你们还应该对你们的专业，或者你们的兴趣行业所涉及的相关专业，有更大的好奇心和更多的投入。只有广泛涉猎，才能深入了解学科间复杂的关系，了解学科内涵与行业和产业的关联。只有这样，你们才有足够的能力去做正确的选择，并为此而努力积蓄力量。

我国古代思想家王充曾说："人不博览者，不闻古今，不见事类，不知然否，犹目盲、耳聋、鼻痈者也。"现实是，你们上大学是按专业进来的，而且四年都基本按既定专业的要求学习，这显然是不够的。假如一个专业是一个小房子，那么专业之外的知识就是房子外的广阔天地。如果你们只知道本专业，大学四年也只接触一个专业，那么你们的视野只能局限于这个小房子内，看不到外面的山川河流，看不到路在哪里、通向何方。所以，广泛涉猎其他学科专业知识，是将视野延伸到自己专业知识院墙之外的唯一方法。

世界那么大，都想去看看！大学，就是汇聚了众多学科专业的地方，是文化传承与创新的场所，在你们有能力自由地去行万里路之前，你们可以通过在大学里读万卷书籍，访百位名师，听百场讲座，与来自全国乃至世界各地的学生交流，广泛了解各学科专业、各地区的文化，在自己专业的小房子上多开一些窗户。这就如同手中有了望远镜，登上了瞭望塔，由此可看见辽阔多姿的世界，可听见千年历史的诉说。

学识影响视野，而由博览所开阔的视野可不受任何时空的限制。"坐拥云起处，心容大江流"，你的视野有多宽，脚下的路就有多宽，选择范围就有多广。视野决定格局，而格局影响人在每一个十字路口的选择，进而影响人的一生。希望同学们博学多闻，开阔视野，跨界了解各种学科专业、关注社会各行各业、接触多元文化和思想，学会用科学前沿预见未来，在历史长河中以史鉴今，让视野更加立体多维、宽广长远。

二、深入学习，积厚基础

有人预言，如今 47％ 的工作将在十年后消失，将来 65％ 的工作是现在没有的。刚上大学的同学们如何为未来做准备呢？钱学森谈及大学时曾说："高等学校的学习，是打基础的时期，应当强调学好基础课程。"

"叠叶与高节，俱从毫末生"，基础就是支撑未来发展的根基。如果公共基础学科是大树的树根，本专业的基础知识和核心理论就是树干。没有牢固的树根，没有粗壮的树干，就很难枝繁叶茂，根基深厚才能长成参天大树。根基薄弱之人，将来无论走哪条路都会很辛苦并显得单薄。

只有深钻研、打好宽广深厚的知识和能力基础，才能在未来的职业道路上走得更远，在行业发展变化的风风雨雨中永远立于不败之地。

因此，大学学习的另一个非常重要的方面就是在自己的专业方面扎牢根基。这里需要注意两个方面。

第一，"为学作事，忌求近功"。有些同学过于实际，只重视所谓"有用"的应用知识或技术，忽视了专业基础和核心理论，而被忽视的这部分恰恰是每个学科专业存在和发展的根基。即使在应用学科领域，许多看似高深的技术，几年后也会被新的技术或工具取代。纵横不出方圆，万变不离其宗，只有拥有了深厚的专业基础，今后才能以此去延伸、拓展，未来面对知识层面竞争的优势才更大。比如"发动机原理"是车辆工程专业的基础课，但有人认为"汽车驾驶技术"更重要。同学们，别忘了，无人驾驶的汽车也需要发动机。

第二，"学者功夫，宁下而勿高，宁沉而勿浮"。《庄子》中"褚小者不可以怀大，绠短者不可以汲深"，讲的就是这个道理。与中学相比，大学专业的学习难度指数级增加。同学们要沉心静气，依靠厚实的基础，尽可能向专业的纵深学习，深入钻研，走进学科的前沿。习近平总书记今年同北大师生座谈时指出："学习就必须求真学问，求真理、悟道理、明事理，不能满足于碎片化的信息、快餐化的知识。要通过学习知识，掌握事物发展规律，通晓天下道理，丰富学识，增长见识。"

在一些"3+3"高考模式的省份，很多同学为了提高高考分数，放弃了相对难学的物理而选择了其他科目。但是进入大学之后，没有扎实的物理知识作基础，很多专业的学习肯定会遇到障碍。如果在大学里，你们也还这样选择一些相对简单、容易通过的课程，未来的职业发展结果是可以预测的！教育部最近就印发了通知，要求给大学生适当"增负"，合理提升学业挑战度，增加课程难度，拓展课程深度。"宝剑锋从磨砺出，梅花香自苦寒来"，大学期间，你们要有勇气自找"苦"吃，多挑战硬课、难课。大学的每个学科专业都有深奥难学的部分，要学透就必须有"打破砂锅问到底"的钻劲，有"为伊消得人憔悴"的坚持，要主动向学科专业的纵深发展，把深奥的理论、难懂的思想、晦涩的方程和烦琐的推导等，都学到家、拿到手，今后才能拓展延伸至更宽广的领域，发现新知识、发展新技术，从而成为时代引领者。

同学们，青春是用来奋斗的。希望你们在大学里博学多闻、开阔视野，刻苦钻研、扎牢根基，四年后能由此做出正确的人生选择，在风起云涌的世界中成就一番事业，承担起社会赋予的重任甚至引领社会发展，也为集大新的百年画卷增色添彩！

同学们，祝愿你们四年的学习生活顺利、进步！

也借此机会，向此次军训承训部队的首长和教官们表示衷心的感谢！

谢谢大家！

集美大学主校区南门

传承嘉庚爱国精神　修炼务实报国本领

——在集美大学 2019 级本科生开学典礼上的讲话

2019 年 9 月 3 日

亲爱的同学们：

　　下午好！

　　今年是中华人民共和国成立 70 周年。今天，在祥和美丽的闽海之滨、嘉庚故里——集美，我们迎来了 6270 名新同学，你们是集美大学新百年的第一批本科生。在此，我谨代表学校全体师生员工向你们表示热烈的欢迎！

　　同学们，今天是 9 月 3 日，中国人民抗日战争胜利纪念日，是亿万中国人民永远铭记的日子。3500 万以上军民伤亡——这是中国为彻底击败侵略者、捍卫中华民族五千多年发展文明成果付出的代价，也是为世界反法西斯战争胜利、捍卫人类和平正义作出的牺牲。

　　同学们，现在，让我们一起致敬：

　　致敬先辈！

致敬那群抛头颅、洒热血的人民英雄！

致敬那场众志成城的抗争！

致敬今日在风雨中昂首向前的中国！

在这样特别的日子我们举行开学典礼，意义非凡！听了前面这些，你们应该知道我今天讲话的主题是什么了，没错，就讲爱国！

同学们，从入学报到那一刻起，你们就拥有了一个新的名字——"集大人"。因此，你们的一生永远和一个光辉的名字紧紧地连在一起，那就是我们的校主、这座百年学府的创办者、伟大的爱国主义者——陈嘉庚先生。

一百年前，嘉庚先生目睹国家多难、民族忧患，以远见卓识提出"教育为立国之本，兴学乃国民天职"，为此"立志一生以所获财利，概办教育，为社会服务"。甚至于当其实业陷于困难之际，不惜变卖家产，以供办学之需。为国兴学，而且是倾资办学，这是何等深厚的爱国情怀，何等坚定的报国之志！嘉庚先生一生为国为民、无私奉献，始终把国家和民族的利益摆在首位，始终践行"报效祖国、服务社会"的人生誓言，他把毕生的精力都奉献给了祖国的独立、统一和富强事业。毛泽东主席称其为"华侨旗帜、民族光辉"，习近平总书记赞其"艰苦创业、自强不息的精神，以国家为重、以民族为重的品格，关心祖国建设、倾心教育事业的诚心，永远值得学习"。嘉庚精神是集大人最大的精神财富，爱国是嘉庚精神的核心，也是校主赋予每一位"集大人"的责任和使命。

同学们，从踏进集大"家门"开始，你们就应该知道：集大这个"家"，从她诞生之日起，就以国家富强、民族振兴为己任，集大传承的是爱国的基因！

集美大学的百年发展史，就是一部厚重的爱国史。一百年来，在历史洪流的各个关键节点，在八方四海以至南北两极，一代代"集大人"将爱国主义优良传统薪火相传、绵延接续。他们恪守"诚毅"校训，默默奉献、报效祖国，以实际行动践行嘉庚精神。建立闽西南第一个共青团组织的早期革命者李觉民、罗扬才等，抗战时期驾驶战机奋勇搏击日本侵略者的"飞虎"英雄陈炳靖，让国旗高高飘扬在南北极的极地科考队袁绍宏、赵炎平等，"改革先锋"、厦门航空事业的开拓者吴荣南……还有捐献造血干细胞、"感动厦门"的李溢新等一群无私奉献的年轻学子，更有千千万万默默关注国家、关心学校，为学校捐资助学的校友们……他们都叫"集大人"，他们身上都传承着嘉庚精神的爱国基因！

去年 10 月 20 日，习近平总书记致信祝贺集美大学建校百年，特别提到，希望集美大学弘扬爱国主义光荣传统。大道前行，薪火不息，文化传承与创新是大学的主要功能之一。新一代"集大人"，如何更好地弘扬嘉庚精神、传承爱国基因，并以此作为立身之根本、成才之基石？如何将厚重的情感化为奋进的力量，并在学习和生活中让爱国精神发扬光大？

在此，我提两点建议。

一、文化自信厚植家国情怀

国家，既包含了特定的领土，也包含了生活在这片领土上的国民，以及代代相传的文化。文化，是社会精神生活形式的总和，是一个国家的灵魂。

在世界历史长河中，华夏文明是唯一没有中断过、一直延续至今的文明，铸造了最有生命力的中华文化，这不仅因为中华文化具有良好的包容性，而且因为中华文化的核心是奉献和牺牲精神。一代代中华儿女始终延续着对家国的深厚感情，无数先贤志士义无反顾、舍身报国，"先天下之忧而忧，后天下之乐而乐"，让种族和文化得以延续，让国家和民族得以发展。我们应该为拥有这样的文化而骄傲！从"百善孝为先"到"苟利国家生死以，岂因祸福避趋之"，由己而家，由家而国，是我们中国人始终不变的精神谱系，家国情怀是中华民族最浓厚的精神底色。爱国，是中华文化的优秀基因，是中华儿女自古至今血脉里的传承，我们应该为传承了这样的基因而自豪！

同学们，个人的命运与国家的命运时刻息息相关，个人的利益与国家的利益始终紧密相连。

"山河破碎风飘絮，身世浮沉雨打萍"，历史早已证明，国破则家亡。一百多年前，我们的国家饱受列强欺凌，百姓饥寒交迫，被西方人称为"东亚病夫"；抗日战争时期，多少人背井离乡，颠沛流离。我们的学校也被迫内迁安溪、大田，师生们在森林中上课以躲避鬼子飞机的轰炸。想那时，偌大中华竟容不下一张安静的书桌，而今天我们却能够舒服地坐在空调教室里上课、可以在美丽的校园中学习——这得益于中国共产党的英明领导、得益于新中国的成立、得益于改革开放给国家带来的发展。习近平总书记强调"国家好，民族好，大家才会好"。如今的中国，亚丁湾护航、海外撤侨，我们的祖国能从世界上任何地方接儿女回家！现在有一种安全叫"我是中国人"，只有我们的国家强大稳定，民族兴旺团结才能够实现。

当下，我们比历史上任何时候都更接近中华民族伟大复兴的目标，第四次工业革命的到来给中华民族带来了近代以来最难得的机遇。"天下兴亡，匹夫有责。"每一位集大学子都应该秉承嘉庚先生创校之初心，牢记为国为民之使命，自觉将个人理想与国家前途命运紧密联系，将个人成长放置在国家民族复兴的坐标中，厚植家国情怀，守国土，护国民，壮国威，传璀璨中华文化，为我们国家的强盛而努力。

二、脚踏实地增强报国本领

爱国不是空喊口号，不是纸上谈兵，不是虚情假意的作秀。"知者行之始，行者知之成"，"道虽迩，不行不至；事虽小，不为不成"，爱国需要知行合一，需要落实到行动上来。

不同历史时期，爱国有着不同的内容和表现形式。但在任何时期，坚守责任，做好自己的本分，为国家发展和强大贡献力量，就是爱国。战士戍守边疆，教师传道授业，医生救死扶伤，农民耕地种粮，运动员赛场拼搏等。

凡是让领土保持完整，让民族得以延续，让文化得以传承，提升国家实力和威望的行为，都是爱国行为。

爱国需要扎实的知识和过硬的本领，需要发自内心、持之以恒的行为习惯，如嘉庚先生所言："惟有真骨性方能爱国，惟有真事业方能救国。"立身以立学为先，立学以读书为本。大学时光是青年人培养习惯、修炼本领的关键时期，同学们要脚踏实地，励志勤学，从上好每一堂课、做好每一个实验、读好每一本书开始，循序渐进、久久为功。

要崇尚求真精神。求真理、悟道理、明事理，这样才不会盲从；不能满足于碎片化的信息、快餐化的知识，要系统地学习，才能掌握事物发展的本质规律。功崇惟志，业广惟勤，同学们要专攻博览，注重把所学的知识内化于心，形成自己的见解，深根固柢，为实现报国之志打开广阔的天空、插上飞翔的翅膀。

要养成务实作风。行动养成习惯，习惯形成性格，性格决定命运，要着力培养务实的习惯。天下大事，必作于细，爱国应该落实到每一天的行动中，从小事做起，要尊重师长、助人为乐、与人为善……要多节约一滴水一度电一粒粮，少叫一次外卖、少用一个快餐盒、少一句抱怨……踏踏实实做好每一件事，让爱国成为习惯，以习惯雕琢品性，修自身而治天下。

"君子务本，本立而道生"，青年学子要以家国情怀作为精神坐标，有所为有所不为，明辨是非，在考虑自己从国家得到了什么的时候，问一问自己：我为国家做了什么？我能为国家做什么？这里，以嘉庚先生给青年学生的寄语与同学们共勉："我希望于你们的只是要你们依照着'诚毅'校训，努力地读书，好好地做人，好好地替国家民族做事。"

最后，祝同学们经过军训，体质、意志、素质等都得到全面的提高！祝大学四年健康成长、学业有成，真正成为一个对自己有用、对家庭有用、对民族有用、对国家有用的栋梁之材！

也借此机会，向一直以来陪伴你们成长的家人师长以及接下来要帮助你们锤炼身心的承训官兵们，致以崇高的敬意和诚挚的感谢！

谢谢大家！

明确目标知向往　知行合一勇向前

——在集美大学 2020 级学生开学典礼上的讲话

2020 年 10 月 11 日

亲爱的同学们：

大家下午好！

今天，我校终于迎来了 8064 名新同学，在此，我代表全校师生员工向你们表示最热烈的欢迎！2020 年极不平凡，疫情给全球带来巨大灾难，也深刻影响了每一个人。特殊时期，你们勇克难关通过各种考试圆梦集大，在此也向你们及家长们表示最衷心的祝贺！为了你们平安入校、顺利入学，学校教职工做了大量工作，校友和社会各界也纷纷献出爱心，在此，让我们一起对他们表示最诚挚的感谢！

当前，全球疫情还在持续，新冠病毒已夺走了 100 多万条生命，它虽然凶险，但可测可见，只要加强防护就可免受侵染，相信人类最终也有能力战胜它。可是，是否还有一类看不见的"精神病毒"存在呢？它潜伏在人类的灵魂深处或周围的环境中，一有机会就出来侵蚀思想、摧毁意志，这类"精神病毒"是人生的隐形杀手，被它感染，人会变得冷漠无情、好逸恶劳，其生命轨迹走偏，生命价值变质。

由于"精神病毒"的非物质性容易被忽视，人受它侵扰和毒害的危险反而更大。以前，你们身处中学等相对单纯、封闭的环境，有父母和老师"扶苗助长"，为你们撑起防护伞。而大学更加自由、开放，又更接近社会的复杂环境，如不小心提防，容易在不知不觉中被"精神病毒"感染，让你们减缓甚至失去成长的能力而无法实现读大学的目标，以致今后无法适应充满竞争的社会而难于实现美好的人生。

同学们，能走进集大说明你们足够优秀，大学是你们破茧成蝶让梦想起飞的地方，我希望几年后你们能更加优秀，但我也担心这个美好的愿望是否都能实现。大学不是传说中的保险箱，你们可能想不到，每届有近 10% 的本科生四年后无法毕业，还有一定比例的同学拿不到学位，甚至被退学、被开除。入学时水平相当的同学，为何毕业时差距这么大？主要原因是有些同学上大学后迷失了方向、缺失了目标，而有些同学虽有目标却没有行动，导致大学四年光阴虚度，甚至养成坏习惯，毁掉一生，其实这些都是感染"精神病毒"的表现和后果。那么，如何减少或防止被"精神病毒"侵袭呢？这里我提两点建议。

一、明确目标引追求，寻找差距强动力

在实现了高考等明确目标后，有些同学刚入校时还雄心勃勃、信心满满，但很快会在宽松多元的环境中感到迷茫，看不清前方、找不到主次、抓不住重点，渐渐失去目标。于是，虚无、享乐等"精神病毒"乘虚而入，涣散精神，瓦解斗志，让人逐渐从勤奋变懒怠、从奋进变消沉。没有目标，人就像无舵之船，在浑浑噩噩中漂泊，乃至搁浅甚至翻船。"志不立，天下无可成之事"，人是该有目标的，有目标才有方向，才有精气神，才有动力去尝试、去探索，才能在逐渐开阔的道路上走向远方。

人生的目标，有大有小，有远有近。目标的大小决定着未来人生空间的大小，也决定着人生境界的高低。大目标是大学毕业后甚至几十年以后才能实现的，大目标也是一系列小目标的集成叠加、有序渐进的结果。大学是人成

长最宝贵的黄金期，是实现人生大目标的重要基石。大学几年的小目标，决定了你的本事、你的修养，也决定了你未来的走向与成就。大学几年，灵魂之净化甚至重塑是首要的：立德不正，是非不分、善恶不辨，最终走入歧途做出危害国家人民的事情。大学几年，视野之开阔和延展是必需的：没能打开足够多的窗口，就无法全面、客观地认识世界，又怎能拥有深刻的历史思维和开阔的全球视野。大学几年，智力之挖掘与发展是根本的：不掌握难懂的高深知识，如何使大脑得到深度开发，要为终身学习和持续的创新创造打好基础。大学几年，能力之培养和提升是重要的：没有经历解决实际问题的锻炼，如何高质量做事、如何高效率办事，空有想法没有办法，只能成为行动的矮子。同学们，这四个要求就是毕业证书和学位证书该有的基本含金量，也是接下来几年你们应该追求的小目标！

现在的你们离这些小目标有多远，差距在哪里？大学之立德树人，就是培养德智体美劳全面发展的人才，希望接下来每天的生活中，你们能睁开双眼看，闭上眼睛想，每时每刻去发现、去思考。坐在校主嘉庚先生倾资建造的教室里，你应该为自己因少得到几元钱补助而不满感到汗颜；面对浩瀚无边的知识海洋、高深莫测的自然和纷繁复杂的社会，你是否感到知识与能力的欠缺、眼界和视野的局限？看到他人健硕的体魄、多姿的身影、娴熟的运动技巧，你是否感到自身体质、体能上的差距？面对名画、名曲、名著、名剧等，你是否知之甚少甚至感受不到美？看到他人勤劳苦干、巧手慧心、驾轻就熟地创造，你是否发现了自己的懒惰和劳动技能的欠缺？……这些差距与不足就是你们设置小目标的方向，也是你们填满每天时间的重要内容。

追求小目标的过程其实是认识自己的过程，如此，你们能知道不足、发现短板、找出差距，激发完善自我的不竭动力，因此有了抵御"精神病毒"的本征能量。追求小目标的过程也是深入了解自我的过程，由此找到自身优势、发掘自身潜力，发现自己喜欢并适合的人生方向，进而明确长远的目标和一生的追求，并聚集时间精力毕生为之而努力。

二、良师益友促成长，知行合一成习惯

目标是奋斗的方向，但是知易行难，有些同学梦想爆棚却缺少行动，计划满满却疏于执行。经常热血沸腾地制定目标，却被懒惰、拖延浇凉，目标最终变成纸上谈兵。

都说"破山中贼易，破心中贼难"，"心贼"之所以难破，是因为人的本能就喜欢省力和享乐，一旦有机可乘，"精神病毒"就会随时随地感染灵魂和意志，让你失去行动力。要实现目标，就应拥有锲而不舍的执行力，这要求你们不仅要时刻防范"精神病毒"，而且要努力提升对"精神病毒"的免疫力，做好外防和内修，外防是远离有"毒"的环境，内修是提高精神体质。

应对新冠病毒，戴口罩、勤洗手、保持社交距离，打造洁净环境。防御"精神病毒"也要有意识地选择或创造良好的精神环境。所谓"蓬生麻中，不扶而直；白沙在涅，与之俱黑"，要健康成长就必须谨慎选择朋友和所处的环境。

进入大学，你们会接触到各式各样的人，一定要远离负能量或思想品行不端的"坏人"，主动接近优秀的老师和先进的同学，选择敞亮阳光、富有正能量的人为友，从他们身上可看到更多人性的光辉，能学到书本和课堂上学不到的东西，更能看清自身的短板。进入大学后，你们会接触更多样的场所，要懂得选择精神健康的环境和氛围，多去运动场强健体魄，去图书馆、实验室、报告厅丰富学识，多去博物馆、展览馆、历史古迹，吸收中华五千年文明及爱国、自强等伟大的民族精神的精华，多参加志愿服务、支教、义工活动等社会实践，在奉献社会的同时磨炼吃苦耐劳和真善美的品质……通过良好环境的自然约束、熏陶和涵养，你们可以减少被"精神病毒"侵袭的可能，让自己的精神与健康同行，变得更积极向上、勤奋好学，进一步明晰并坚定正确的人生方向，从而加倍努力去实现。

可是，现实社会充满诱惑，时时考验人的精神意志，诱惑你迷失方向、走错地方。想要抵御诱惑，就必须有强大的意志力。心理学研究发现，意志力也是一种生理指标，科学的身心训练能改善意志力的生理基础，有意识的锻炼可以让意志力变得更强大，比如体育锻炼、意志训练等。毛主席从青少年时期开始就注重用体育活动来锻炼意志，每天晨练、坚持冷水浴等，由此磨炼出坚毅刚强的意志和顽强拼搏的精神。希望同学们勇于磨炼自我，有意识地提升自己的意志力。督促自我，每日完成当天的计划和任务；提升自我，每日多读几页书、多记几个公式、多刷几道专业难题；挑战自我，门门功课考 100 分，样样比赛得冠军。克己自律，拒绝诱惑，如此数年坚持下来，精神体质增强，养成终身受益的优秀习惯并拥有战胜"精神病毒"的顽强意志力。真正做到知行合一，朝着既定目标和方向前行，用体魄的强健、精神的阳光迎接四年后的自己。

同学们，有志始知蓬莱近，无为总觉咫尺远。请给自己的梦想找一个温暖的家，让梦想在那里生根、发芽。校主陈嘉庚先生在集美学校开学训词中说："上以谋国家之福利，下以造桑梓之麻祯。"先生一贯秉持"凡作社会公益，应由近及远，不必骛远好高"的原则。同学们，身为集大人，要把嘉庚精神的火炬传下去，要实现嘉庚先生的强国梦想。习近平总书记说过："实现我们的奋斗目标，开创我们的美好未来……必须依靠辛勤劳动、诚实劳动、创造性劳动。"未来四年，相信这座百年学府能带给你们精神成长的力量，能帮助你们抵御"精神病毒"的侵袭。希望同学们努力践行"诚毅"校训，把崇高的历史使命和深厚的家国情怀融入自己人生的奋斗目标，也落实于日常的精神修为和学习生活中，在知行合一中全面实现大学四年的目标，并由此展开人生的华丽篇章。

最后，祝同学们学业有成！健康快乐地成长！

也借此机会，向承训部队的首长和教官们表示衷心的感谢！

谢谢大家！

诚以致诚真善美　毅以达毅精气神

——在集美大学 2021 级学生开学典礼上的讲话

2021 年 10 月 25 日

亲爱的同学们：

大家上午好！

受疫情影响，我校 2021 级新生开学典礼推迟到今天才举行，对你们的欢迎仪式虽然迟到了，但欢迎和祝贺依然是真心而诚挚的。在开学初这段特殊的日子里，你们和全校师生员工一起克服困难、坚持学习、共同抗疫，让我看到了虽然稚嫩但勇敢担当的你们。据不完全统计，超过47％的新生参与了抗疫工作。这里，我要为你们点赞，向你们致敬！也代表学校向你们表示衷心的感谢！

集美大学自陈嘉庚先生创办以来，历经 103 年的风雨砥砺，从创办初期的筚路蓝缕到抗战烽火中的守望坚持，从新中国成立初期的艰苦奋斗到改革开放后的奋发图强，及至合并后的探索和蓬勃发展，无论遭遇多大的困难，一代代集大人接续奋斗，诚于校主"办学图强"的初心，毅于校主"教育兴国"的梦想，"诚毅"之光始终闪耀在奋进的道路上。"诚毅"是我校的校训，校主嘉庚先生展述为"诚信果毅"，就是"诚以待人，毅以处事"，也可展开为"诚以为国、实事求是、大公无私，毅以处事、百折不挠、努力奋斗"，这是集大人做人做事应该遵守的准则。今天我要与你们分享我对"诚毅"的理解，也是我给你们的建议。

一、诚实守诺信立身，格物致知真善美

"诚"指真实、真诚。《孟子》云："诚者，天之道也；思诚者，人之道也。"这就是说，追求"诚"是做人的根本。理学家程颢、程颐说："进学不诚则学杂，处事不诚则事败，自谋不诚则欺心而弃己，与人不诚则丧德而增怨。"可见，"诚"不仅是君子修身养性的目标，而且是求学、立业之根基。一言九鼎、一诺千金、立木为信……千百年来，"诚"被中华民族代代相传，已成为当代中国社会主义核心价值观的重要内容。嘉庚先生以"诚"为训，期盼集大学子能以"诚"为做人之本，以诚爱国、以诚处

事、以诚待人、以诚律己，就是外重诚信、内守诚心。在现在的集美大学，"诚"的体现之一就是凡考试有作弊行为者，不配得到集美大学的学位证书！

首先，外重诚信，诚实可靠。诚，于外是守信。孔子说："人而无信，不知其可也。"就是说一个人若不讲信用还能做什么，正所谓"人无信不立，业无信不兴，国无信则衰"。诚实守信之人"言必信，行必果"，重承诺，讲信用，能得到他人的信任和尊重。嘉庚先生创业初期，他的父亲去世时欠下不少债务，按照新加坡当时的法律，父债子可不还，但嘉庚先生认为"信义"是做人的根本，他将艰苦创业赚到的第一笔钱用于偿还父债，获得了重信守诺的声誉，也为后来的事业发展打下良好基础。校主"替父还债"之举就是诚信的典范！

反观有些同学，上课睡觉、作业抄袭、考试作弊、欺骗家人朋友、欺瞒老师同学，不肯或不敢讲真话，不想或不能兑现自己的承诺，等等。这些不仅给人以不诚实、不可靠的印象，影响学业进步，久而久之，这些同学还会养成不良习惯，甚至可能滑向坑蒙拐骗的深渊。希望同学们要诚信守诺：真诚待人将赢得一生挚友，诚信学习将收获真才实学。四年的诚信，或许会吃点小亏，但你将成为老师、同学眼中值得信赖的靠谱之人。查理·芒格曾说："生命是一场长跑，靠谱永远是最好的体力。"靠谱将是你一生最宝贵的财富！

其次，内正诚心，格物择善。诚，于内是诚己，出自本心。那么，本心是什么？又应该是什么？真善美、假恶丑？虽说"人之初，性本善"，但经历不同的成长环境，"心"免不了受到误导或污染，有些可能变得肮脏，表现在一些人为功名利禄而不讲道义甚至不择手段。这样的"心"会引人误入歧途、走入险境，甚至干出伤天害理的事情，这类丑陋的"心"多了，世界将变得多么可怕！从社会发展和人性的角度而言，人类具有追求真善美的本性。求真，是对客观规律的理性认识和应用，是人类生存和发展的根基；向善，是人类对自身价值的情感意识和遵循，推动人类的自我完善；追美，是人类对理想目标的美好追求，促进社会的文明进步。古往今来，渴望真善美，诚于真善美并追求真善美，始终是人类永恒的主题，也是当代大学生应该有的正心。《梦溪笔谈》记载，少年晏殊参加殿试，看到考题时他告知考官曾做过此题，请另外命题，晏殊的坦诚朴实就是真善美的体现。同学们，接触真善美，才能辨别是非美丑；理解真善美，才能明白真理道义；追求真善美，才能明晰方向目标。对个人而言，诚于真善美，才能守住正心。无论面临何种处境，即使有利可图，即使被诱惑，哪怕被胁迫，也绝不昧着良心做突破底线之事！心随真善美，才能顺应历史前进的正确方向，让自身的发展与国家和人民同心、同向而行！对真善美的执着追求，应成为同学们坚定的理想和信念，扎根在内心之中，不再犹豫、不再彷徨，心甘情愿诚于此，虽千辛万苦而一生无悔。

最后，"诚"是需要修炼才能养成的品质，需要大学四年深入的学习和探索。《礼记·大学》中说："欲修其身者，先正其心；欲正其心者，先诚其意；欲诚其意者，先致其知；致知在格物。"修身的前提是正心，正心的前提是诚意，而诚意则要通过"格物致知"，探究自然和社会规律，找到真理才能达到诚意，找到真善美，进而明事理、晓大义，修得正心。大学是格物致知最好的地方，这里有大师、有知识、有思想、有精神等，能拓展丰富你、唤醒启迪你、引领感动你、激励鞭策你。大学也是修炼践行的好地方，这里鼓励创新、允许犯错、包容失败。希望同学们充分用好大学，扎实读书，多参加讲座和研讨会接受思想的洗礼，多参与社会实践，在笃行中不断修正所学所思所想，从中领悟到更多真善美。当拥有了独立的思想和精神，你就有了诚于正心的评判标准，而不再轻易依附他人或随波逐流，就能真诚面对自身的不足，不断修炼直到止于至善，就会有想要创造真善美、让世界更美好的崇高境界！

同学们，格物致知，择善而求，方可致诚！

二、坚韧求索强本领，毅以达毅精气神

"毅"本义为勇决、果断，也指刚强、坚韧、英武、勇猛。《中庸》有云："诚之者，择善而固执之者也。"就是说要达到诚之境界，应坚定不移地去追求所择之善，如屈原说："亦余心之所善兮，虽九死其犹未悔。"这样的执着，就是毅。精卫填海、愚公移山、铁杵磨针……历史进程表明，华夏文明能成为唯一没有中断、延续至今的世界文明，中华民族历经磨难始终巍然屹立，中国共产党能够带领中华民族走向伟大复兴，"毅"发挥了关键作用。曾子说："士不可以不弘毅，任重而道远。"嘉庚先生以"毅"为训，是希望集大学子能打造坚毅、刚毅、果毅的意志品质。集大学子不仅要拥有"诚"之品行，还应拥有"毅"之气质。

　　首先，强健体魄、增强能力。"毅"字右边的"殳"字本义是兵器，意味着刚毅之人必是有本事之人。古代的拳脚力气、近代的坚船利炮、现代的高新科技，既是刚毅的表现，也是刚毅的基础。习近平总书记曾寄语青年："增强做中国人的志气、骨气、底气。"底气从何而来？从实力而来！有实力做事才能有底气，进而支撑得起志气和骨气。不久前，你们的学姐卢云秀继东京奥运会夺冠后又以绝对优势夺得全运会金牌，诠释了"毅"的实力内涵，展示了"毅"的志气魅力。同学们想实现读大学的目标成为刚毅之人，既要强身健体打造毅之外壳，也要增强本领拥有毅之内核。大学不是混出来的，需要更忙、更累、更苦、更拼，才能达到更强！要达成"毅"，离不开四年持之以恒的努力：每天坚持不懈的体育锻炼，会让你拥有更健康的体魄；每天持续不断的学习思考，会让你拥有更丰富的知识和能力……请相信，坚持1300多天后，一个刚毅卓越的你就会出现在集美大学2025年的毕业典礼上，出现在你梦寐以求的学校或单位的面前。

　　其次，百折不挠，毅以达毅。进入大学，有些同学不再有高考的拼劲和毅力，放任甚至放纵自我，虽有目标和计划，却因无法坚持而半途而废。人生如逆水行舟，一篙松劲退千寻;人生亦如登山,崎岖陡峭百般困难,要成功登顶,体能之外,还要有强大的精神力量。精神意志的锤炼,对个人、群体的发展来说,都不可或缺。每个看过东京残奥会的人,都会为残疾人运动员的顽强意志和拼搏精神所震撼,其中包括我校朱德宁同学奋勇夺金并打破世界纪录的杰出表现。刚毅之人必然经受过苦难的磨炼和考验,毅以修毅方能达毅。你确立了信仰和目标,就要努力去追求,勇敢去尝试,坚韧去忍受,矢志不渝!大学四年,难免遭遇挫折和失败,但请告诉自己:"这没什么,我能行,我还有机会,我可以重来!"当一次次挑战失败后再来,一次次度过煎熬、闯过难关,四年后,你会发现你已经战胜了懦弱的自己、胆小的自己、自卑的自己、自负的自己……在与困难和挫折的不断交锋中,变得刚毅、坚韧、果敢,进而拥有了强大的精气神。当这成为每一个集大学子的特质,应该就达成了校主办学的意愿;当这成为所有大学生的素质,就可达成国家教育的目标;当这成为华夏青年共同拥有的文化气质,中华民族伟大复兴的进程将会加快!

最后,弦歌不辍,薪火相传。两千多年前,孔子游学途经匡城时被围困,绝粮七日,从者皆病,困境之下,孔子仍教书不辍，带领弟子奇迹般顽强地熬过了苦难，留给世人诚于心、毅于事的巨大精神财富。抗战时期，集美学校内迁三明大田，为躲避飞机轰炸在森林中开设课堂、在均溪河中挖深沟训练高台跳水，创造了深山办航海教育的奇迹，是当时国内唯一一所没有停办航海教育的学校，被誉为福建版的"西南联大"。就是在这里，嘉庚先生语重心长地对学生说："我希望于你们的只是要你们依照着'诚毅'校训，努力地读书，好好地做人，好好地替国家民族做事。"眼下，常态化疫情防控和全国疫情波动给同学们的学习与生活带来了诸多不便，但这也是磨炼意志、提升品格的机会，希望你们包容理解、刚毅坚卓，与学校、与厦门、与国家一起渡过难关，并更好展现"诚毅"品格的力量和魅力。今后，同学们应牢记校主嘱托，格物诚心、诚以致诚，走向充满真善美的未来，择善毅修、毅以达毅，以饱满的精气神更快更好地实现奋斗目标。让诚毅之光永远照亮你们人生的漫漫征途！

　　谢谢大家！

知己知彼明方向　扬长补短莫等闲

——在集美大学 2022 级本科生开学典礼上的讲话

2022 年 9 月 6 日

亲爱的同学们：

下午好！

这几天，我校迎来了 2022 级新同学。在此，我代表全校师生员工向你们表示热烈的欢迎！向你们及家长们表示衷心的祝贺！

疫情带给人类灾难，深刻影响每一个人。高中阶段你们基本在疫情中度过，疫情带来的不确定性和相对封闭影响了对外交流，也改变着你们的思维认知，在面对未来时，更多顾及外界因素而忽略自身的条件和追求，片面地倾向于安稳可能会丧失拼搏的激情。在选择学校和专业时，考虑更多的是眼前的就业而非长远的发展。如今，盼成绩、报志愿、等通知的种种焦虑虽已过去，但走进大学又面临对前途的忐忑，真是"才下眉头，却上心头"。有人欢喜有人忧，喜的是被自己喜欢的专业录取，忧的是被调剂到自己不喜欢的专业，但喜得是否太早，忧得是否必要？

其实，每个专业及其行业都有广阔的发展空间，关键是你所读的专业是否真的适合你，你今后的职业选择和人生目标是否适合你。"适合"，就是你的德智体等条件与之匹配，能充分发挥特长优势，又能避开短板弱项。找"适合"，需要在对自身、专业、行业和职业全面了解后，才能做出判断、做好选择。《孙子兵法》讲"知己知彼，百战不殆"。知彼，通过学习尤其是教授指导，尽快了解专业、行业和职业要求，这已然不易，需要你们全力以赴。知己，对自身的认识其实更难且漫长，韩非子说："知之难，不在见人，在自见。"但是，知己才能修己、成己。大学期间你们处于可塑性大的阶段，如何客观地知己、更好地修己是需要你们认真对待的问题。这里，我有两点建议。

一、认知自我，明晰方向

俗话说："男怕入错行，女怕嫁错郎。"成百上千的专业、五花八门的职业，各有专业化的素质要求。哪个才是我该入的行？哪些又是我不该进的门？别人眼中的热门专业和职业，我是否也要追逐？不少大学生感到茫然、盲目。其实，选对专业与职业，人生才容易成功。"对"是指适合自己的，要找到对的，就必须有自知之明，就应从本质上认清自我。

每个人都有自己的特征，既有性别、外表、体质、智商等自然属性方面的，也有品行、性格、意志、情商等社会属性方面的，有些是生物遗传的客观特征，不易改变，有些则可通过后天修习而改变。同一特征对某些职业有先天优势，对另一些职业可能就是弱势。高考填报志愿时，一些专业对身高、辨色能力等身体条件有明确要求，比如色觉异常不能从事生物、化学等专业的工作。职业对外在显性特征的要求比较明确也容易判断，但有些内在的隐性因素对职业发展的影响更应引起重视。这里特别想提醒同学们在如下三个方面加强对自身的审视：一是品行。是"心底无私天地宽"，还是"眼中皆利内外贪"？希望同学们敢于正视自身品行上存在的不足，四年内努力立德向善，该净化的要净化，该重塑的要重塑。二是智力，包括记忆力、语言能力、逻辑思维能力、空间想象力等。加德纳的多元智能理论认为，智力由八种智能构成，每个人都有不同的或强或弱的智能类型。在这一点上务必尊重自然规律，敬畏生物基因遗传的威力，行就是行，弱就是弱，热力学的"墙"不可逾越，除非借助超强的外力作用。三是性格。是"勤如蜜蜂常酿蜜"，还是"状如熊猫喜贪竹"？是"尚未见人先闻声"，还是"逢人未语脸先红"？性格类型，不仅影响大学四年的学习，而且将影响今后的职业发展，千万不可小觑！认识自己，必须学习，阅读经典，虚心求教，更需要实践，不断比较、思考、领悟，只有多维度、客观地看自己，才能全面地认知自我，知晓自身长处与短板。

"三百六十行，行行出状元"，能否成为状元，要奋斗多久，取决于你所选择的专业和职业方向与自身特性的匹配程度。读大学的首要任务是找到适合自己的方向，越早明确，越能少走弯路，越有调整的机会。没有理想信念就不该申请入党，没有家国情怀就不要考公，否则今后爬得越高也会摔得越惨；没有爱心就不要从事教育事业，否则误人子弟；没有创新能力就不要从事高科技研发，否则误国误民；没有兼济天下的境界，最好也不要从事商业活动，否则结果可能是一地鸡毛。正确的选择能让你顺风顺水，夺得先机成为职业精英。若方向错了，停止也是进步，否则将处处被动甚至耽误一生。希望你们在全面认知自我的基础上，尽早摒弃不恰当的职业目标，明晰更适合的努力方向，让自己的身心条件寻到最适合的去处，为未来更快更好地成长打好扎实的基础。

二、扬长补短，提升自我

习近平总书记在谈到发展时强调："要紧紧抓住解决不平衡不充分的发展问题，着力在补短板、强弱项、固底板、扬优势上下功夫，研究提出解决问题的新思路、新举措。"当今世界，竞争愈发激烈。对个人而言，内卷之中比拼的往往不是基本素质，而是特长和优势。条件相当时，敢于担当可能成为赢得职位的关键，善于执行可能成为被重用的理由。能力是生存的基础，而特长和优势则决定着发展的高度。但是，木桶能装多少水取决于短板，如果对短板，比如粗心、拖延等看似微不足道的缺点放任不管，可能制约发展，甚至功亏一篑。因此，要为未来的竞争打好基础，既要扬长，打造能拿得出手的特长与优势，又要补短，补足短板、强化弱项，这也是大学四年需要下力气做的事。

扬长，需要知道长在何处。也许从小到大你在某方面很厉害，但进到大学，你的特长可能就不特也不长了。要发现"己所长"，就要在学习生活的竞争合作、尝试实践中，站在更高的位置，走上更大的平台，以更宽广的视角来思考自己和他人的差别。首先，了解自己更擅长什么，受到他人赞赏的特征、能力有哪些，尤其是那些具有本质意义和核心价值的特长因素，如品德、能力、性格等。一旦找到了，祝贺你，请好好爱护好它们，坚持并且发扬光大。其次，你的某些秉性天赋可能只有在大学才有机会展现出来，这就是你潜在的特长，一旦发现，就要进一步开发和深化。即使你暂时找不到明显特长，也要有意识地发掘培养，比如好奇心强、吃苦耐劳等，一旦看到特长的苗头，就要帮它茁壮成长。神经学家丹尼尔·列维汀认为，大脑需要时间去理解和吸收知识或技能，坚持勤学苦练，可把潜质打造成特长。孟晚舟说过：华为"鼓励员工在自己真正热爱和擅长的领域付出持之以恒的努力。具有解题、破题能力的'单项突出'人才，才是当前攻坚克难时期最需要的"。但是，特长是相对的，自身擅长，与更广泛的群体相比则未必突出。特长也具有时效性，用进废退，只有持续加强，才能成为永远与你相随的特长。特长还需善用，要与自身职业发展结合起来，耦合成自身的核心竞争力，形成独特的优势。唯有如此，你才能真正拥有特长并可以自由地扬长！相信自己，用特长构建优势，四年后，出类拔萃的你定能成为用人单位的不二人选。

补短，需要知道短在哪里。"不识庐山真面目，只缘身在此山中"，有人看不到或不承认自己有弱点，这本身就是大短板。寻找短板要跳出自我，以人为镜，别人的批评、指责甚至鄙视也许会折射出你的不足；寻找短板需超越自我，透视自己，从人际关系紧张、考试成绩不好、评优评先没上等去反省自己。曾子说："吾日三省吾身。"要反省的既有性格习惯、行为举止等方面，也有品德、思维、能力、态度等深层次问题，比如极端利己、效率低下、投机取巧、好吃懒做等。自省不能只是坐井观天，要见贤思齐，见天地、见众生，才能见差距。也许，与英雄模范的一次见面，会让你的灵魂羞愧；听专家学者的一场讲座，会让你自知浅薄；参与一次社会实践，会让你自惭形秽……有位作家曾说："你会渐渐遇到比你强、比你优秀的人，会发现自己身上有许多令人厌恶的缺点。这会使你沮丧和自卑，但你一定要正视它，不要躲避，要一点点地加以改正。战胜自己比征服他人还要艰巨和有意义。"常言说："三长难救一短，三勤难补一懒。"缺点或不足，尤其是那些具有关键影响的典型弱点，会严重影响你四年的成长，更可能成为制约你今后发展的短板，必须及时补足。有些缺点根深蒂固，但还是要勇敢地面对，以刮骨疗毒的决心、持之以恒的毅力，坚决地予以纠正，逐步健全自我。唯有如此，才能最大限度地减少它们给你未来人生带来的障碍和伤害。

行走在大学里，穿越高尚的精神、深奥的知识、精湛的技术、博大的文化，大脑神经最大可能地被激活，思索、发现，醒悟、挖掘并发展"己之长"，改进并补足"己之短"，眼里有了明确的方向，心中有了更高的追求，行动有了更大的能力。扬长补短的四年，会让你真正具备更具特色的竞争力，为今后在更复杂多变、更具挑战、更加广阔的空间中，更容易、更快、更强地脱颖而出积蓄坚实的力量！

天生我材必有用。材是何质？可用何处？可尽其用？大学教育就是要在立德的基础上，发现、挖掘、发展学生的智力和潜能，并使学生今后在推进社会发展中能够把智商、情商等发挥到极致。大学是认识重塑自我和寻找适合目标的黄金期，也是关乎今后更快成长的关键阶段。大学四年稍纵即逝，莫等闲，白了少年头！希望你们珍惜每一天，学习、思考、试错、调整，在喜好、擅长与责任的纠结中，尽快认清自我、找准方向。同学们，如果你所喜欢的专业职业与你的特长相匹配，恭喜你，你接上了天线，你是天地的宠儿，请继续大步前行；如果你所喜欢的并非你擅长的，建议找到与你的特长相匹配的做职业，把喜欢的作为业余爱好；如果你喜欢的是你最不擅长或者就是你的弱点短板，你已经触碰了职业发展的底线，请尽快转变。但是，人生在世，无论作为家庭一分子还是一个公民，你都有必须承担的责任，所以，当你选择的是放弃责任的自我喜欢，你已经突破了为人的红线，请务必止步调头！当别无选择时，责任在肩，责任在先！校主嘉庚先生说："人生于世，除为个人生活企图，更当为国家社会奋斗。""共和国勋章"获得者、诺贝尔奖获得者屠呦呦曾说："国家需要就是我努力的方向。""共和国勋章"获得者孙家栋院士说："国家需要，我就去做！"他们用一生去实现"愿得此身长报国"的人生志向！同学们，时代变局带来诸多危机和挑战，你们重任在肩，不仅要自我发展、养家糊口，而且肩负实现民族复兴之大任。希望你们，以家国为出发点确定正确的人生方向，以自己的特长为着力点进行职业发展规划，务实地努力、快乐地进步，相信四年后的你们，一定能成为堪当民族复兴大任的优秀青年！

同学们，再过四天，我们将迎来我国的传统节日中秋佳节，在此，提前祝大家中秋节快乐！也借此机会，向承训部队的首长和教官们表示衷心的感谢！

谢谢大家！

集美大学庄重文夫人体育中心

善用 AI 增智慧　高阶认知促创新

——在集美大学 2023 级学生开学典礼上的讲话

2023 年 9 月 8 日

亲爱的同学们：

大家下午好！

暴雨推迟了开学典礼，今日终于"风回云断雨初晴"。

前几天，我们迎来了 2023 级新同学。在此，我代表全校师生员工向你们表示最热烈的欢迎！向你们及家长们表示衷心的祝贺！

同学们，你们是"呼风唤雨"的一届，接踵而至的台风"苏拉""海葵"伴随你们给厦门带来了大雨与清凉，也让你们一入学就开始"风雨同舟"。2023 年，热浪袭人，一方面，极端高温不断刷新全球纪录，挑战了人类的生理极限，联合国秘书长古特雷斯曾警告："全球变暖的时代已经结束，全球沸腾的时代已经到来！"气温的进一步升高肯定会给人类带来灾难！另一方面，美国 OpenAI

研发的人工智能大模型 ChatGPT 热爆全球，由它迭代产生的 GPT-4 更挑战着人类的智力极限。国内 AI 领域也风起云涌，"文心一言""讯飞星火"等 GPT 大模型已应运而生。智能型工具应用"狂热"风暴的来临，给人类带来的影响是发热，还是凉爽？我们应该关注并认真思考。

人工智能技术（AI）是研究如何模拟、延伸和扩展人类智能的科技。GPT 是通用 AI 的典型代表，其强大智能可在特定专业领域与前 1% 最具创造力的人类媲美。它可拥有人类迄今为止所有的知识和信息，并能持续不断地学习进化。它超级能干，从围棋超能 AlphaGo 到自动驾驶，从能与人类多语言交互对话到答疑解惑，从编程改码到写诗绘画搞创作等，并且不怕"加班"也不会"罢工"。它的学习和推理速度惊人。加州大学伯克利分校的 AI 专家雅各布·斯坦哈特教授预测，2030 年的 GPT 可在 2.4 个月完成人类 180 万年的工作量，可在 1 天内掌握相当于人类 2500 年积累的知识。

GPT 的强大令人惊叹，给人类带来的影响将极其深远，2023 年由此被定格为通用人工智能元年。有人为 AI 划时代的意义欢呼，但也有人为 AI 带来的不可控风险而担忧，马斯克称 AI 将给人类带来"最大的生存威胁"。

高盛公司的报告指出，全球多达 3 亿个岗位将受 AI 影响，1/4 的工作将被替代。AI 不仅能替代简单机械的标准化劳动，而且足以胜任部分知识型工作。不远的将来，AI 可能会颠覆并重塑所有行业，收割无数人的职业，改变无数人的命运！习近平总书记指出："高度重视人工智能对教育的深刻影响，积极推动人工智能和教育深度融合，促进教育变革创新。"智能时代如何工作和生活？在通用人工智能元年开启大学生活的你们，又该如何学习、该打造怎样的关键竞争力？这里我给同学们两点建议。

一、保持好奇增智慧，善用 AI 助学习

爱因斯坦曾说："好奇心是人类最宝贵的财富之一，它是不竭的源泉，不断推动着人类前进。"好奇心驱使我们去接触、去尝试、去了解新生事物，直面新生事物可能带来的助益或危害，勇于跨越"小马儿乍行嫌路窄"的阶段。必须看到，科技改变了世界，也影响着人类进化的方向，推动人类从"体力劳动者"进化为"脑力劳动者"。应该知道，AI 是目前人类创造的最厉害的工具之一，可成为你的学业老师和顾问，未来也可成为亲密的工作伙伴

和智能助理，它能延展你现有的认知界限，更高效地解决问题，更精准地做出决策。可以想象，智能时代，AI 技术将和信息时代的电脑、互联网和手机一样，成为人人必备的标配，人机协同将成为普遍的生存模式。麻省理工学院一项研究显示，受过大学教育的专业人士执行任务时，使用 GPT 能显著提高工作效率。校主嘉庚先生在 20 世纪 20 年代就曾说过："何谓根本？科学是也。今日之世界，一科学全盛之世界也。"未来，智能技术将推动人类摆脱劳动桎梏进化为"自由人"。同学们，"帅气不是实力，能力才是底气"！在智能时代晨曦初露之时，我们要好奇 AI，走近 AI，了解 AI，掌握运用 AI 的技术和技巧，学会向新科技借力来加速自身的进步，才能有望达到"大鹏展翅恨天低"的境界。

智能时代，在 AI 协助下的学习能力变得至关重要。希望同学们学会用 AI 提高学习效率，构建起与 AI 协同的学习体系和机制。在知识获取上，可利用 GPT 的认知诊断和大数据推送能力，量身定做出更适合自身的学习方式和路径。在技能训练上，可让 AI 帮助进行信息检索、文献归纳和修改润色，提高自己的主题提炼技能和创意写作水平。在能力培养上，可通过 AI 制定学习任务和时间规划，利用丰富多样的人机交互来辅助监督学习，培养自我管理能力，还可就感兴趣的问题做出分析、设计解决方案，并通过 AI 推演验证来训练提升分析和解决问题的能力。在思维启迪上，可借助 GPT 跨领域的广博知识体系拓宽视野，训练跨学科的思维方式，借助 AI 创造出的开放、容错的新环境，在各种新尝试、新探索中，发展逆向、求异等创新思维能力，借助 AI 突破现实世界的有限边界，去设计并呈现更多元、更富有想象力的世界。培养跨领域的多元思维能力，在"天马行空"的环境中诱导形成发散思维能力，通过学习 AI 在各个学科领域的应用原理和综合不同学科领域的智能化构建方式提升系统思维能力。此外，训练 GPT 使用的网络资料可能包含不可靠、有偏见甚至欺骗性的信息，通过深度甄别 AI 依据网络数据产生结论的可信度来培养自身的深度思维和批判性思维能力。

可是，任何技术的应用都是双刃剑，应用 AI 应避开可能的负面影响。AI 是工具，可以帮助你学习，但是不能代替你学习。因此，要杜绝借助其抄袭剽窃、考试作弊等；要避免对其产生技术依赖，以免大脑产生"惰性"而失去深层思考的机会，甚至失去深度学习的能力；要充分认识 AI 的局限性，避免信息茧房限制自身的认知范围；必须心怀使用 AI 的道德伦理，并严格遵守与 AI 交互的法律法规和行为规范，保证使用有序和安全。

同学们，"工欲善其事，必先利其器"。大学期间，希望你们努力提升智能技术协助下的学习能力，借助 AI 利器加快自身成长，毕业后方能快速适应智能时代的社会变迁，也为今后驾驭智能时代打好基础、积蓄力量。

二、深入 AI 知短板，高阶认知促创新

世界经济论坛 2020 年的报告指出，劳动力自动化的发展速度超出预期，未来 5 年全球将有约 8500 万个工作岗位被机器所取代，与此同时，人工智能变革将创造 9700 万个新岗位。未来 AI 会带来"技术性失业潮"和"结构性用工荒"，重复性、程序化的工作将被取代，而知识技术含量更高、更加突出个性化和创造力的岗位需求将会增加。对你们来说，这是挑战也是机遇！最新研究表明，机器人在多种考试和能力测试中都能打败人类，这意味着"学富五车"已不再是人类独有的技能，未来的核心能力有两类：一是驾驭 AI 并与之契合的能力，二是超越

AI 的能力素质。AI 的短板是什么？以 GPT 为例，它缺少基础原创力。GPT 模型必须依赖已有的数据、概念进行判断，很难完成从 0 到 1 的创新，而人类对自身尚未涉及的新领域有更强的探索能力和创新潜力。GPT 不具备独立思考能力，只能被动应答，无法提供独特的洞见，而人类有独特的质疑和批判精神。GPT 复杂思维的能力较弱，面对复杂推理分析的任务，难以建立其背后的逻辑。"GPT，你虽智能但仍是机器，高阶思维可以降服你！"由此可见，创新性、批判性、多元复杂等高阶思维能力，将是你们大学期间乃至未来需要重点打造的核心能力。

如何通过学习提升这些高阶思维能力呢？学习在本质上是一种认知行为。美国教育家布卢姆把认知领域的教育目标从低到高分成六个层次，其中识记和理解是浅层认知加工，属于低阶思维。而应用、分析、综合和评价属于深度认知加工，能促进高阶思维的发展。浅层认知只能看见一个人的漂亮帅气，深度认知才能发现一个人的智慧灵气。因此，在学习模式上，需要从浅层学习转向深层学习；在学习重心上，要从"习得知识和技艺"转移到"锻炼思维，提升能力"；在学习方式上，要改变死记硬背的传统方法，多用探究式、问题导向式、项目式等学习方式；在学习习惯上，应在理解的基础上学会质疑，植入批判性思维的种子，尝试多角度分析、多学科综合、多实践应用，逐步建立起主动学习、怀疑批判、多维分析、深度推理、复杂思考的学习习惯。在对大脑反复的训练和开发中不断提升思维认知水平，把这些认知习惯变成本能，今后，在面对新领域、新问题和新挑战时，就能自然而然地利用想象、联想、创新等高阶认知能力，创造出 AI 无法提供的美丽创意。

同学们，GPT 的诞生宣告着"知识工人"也将成为历史，未来世界需要的是能与 AI"共舞"的人才，这是智能时代的生存法则。AI 的存在和应用弱化了人与人之间在体力和脑力方面的差异，但是无法改变人在精神与品性方面的差异。希望同学们不仅要成为优秀的共舞者，而且能因为拥有 AI 无法取代的高尚情操、优秀品格和高阶思维，而游刃有余地融入、随心所欲地驾驭、超凡脱俗地引领社会发展进步，成为 AI 时代的"领舞者"！

2011 年，雷·库兹韦尔在《奇点临近》一书中提出 2045 年是 AI 全面超越人类的奇点时刻，奇点原本是物理学概念，被人们借指时代的转折点。回望人类发展史，技术进步不断解放着人类，为人类的生活提供便利、提升品质。但一些技术会给人类带来潜在的危害，如果没有人文的引领、道德的约束、法律的限制，先进技术一旦被误用或被恶意使用，将给人类带来灾难，甚至是灭顶之灾。因此，面对将来的 AI 奇点时刻，希望同学们既不要让 AI 误了自己，更不能让 AI 成了人类的掘墓人！我们应该坚守对生命的热爱、对社会的道义、对国家民族的责任、对人类的崇高追求，努力学习、非凡作为，在利用 AI 更好实现自身价值的过程中，也为人类社会智能化的健康长远发展贡献更多的集大力量！

今天是白露，露从今夜白，月是故乡明。借此机会，向远离家乡、不辞辛苦来帮助我们的承训部队的首长和教官们表示衷心的感谢！

谢谢大家！

诚于学术　毅于钻研

——在集美大学 2017 级研究生开学典礼上的讲话

2017 年 9 月 21 日

亲爱的同学们：

上午好！

今天，我们在这里举行 2017 级研究生开学典礼，我谨代表全校师生员工，向新入学的 12 名博士研究生、421 名硕士研究生、12 名留学硕士生，表示衷心的祝贺和热烈的欢迎！

"闽海之滨有我集美乡，山明兮水秀，胜地冠南疆。"集美之美，不仅在于其天成之姿，更在于这是一片"英才乐育，蔚为国光"的热土。从今天起，你们将在这里求学深造，探索新知，开启学术梦想，踏上创新之路，你们的到来为集美大学注入了新的创新活力，你们在集大的学习和研究活动将有力地推动我校朝着更高层次、更高水平大学迈进。

研究生，本质就在于"研究"二字。研者，磨也；究者，穷尽也。所谓"研究"，是持之以恒地探求真理，"研究生"则是努力追寻真理、创造新知的人。通俗来说，就是研究学术的人。本科生接受的是素质教育，学习是为了获取某些领域的基础知识，并锻炼融合能力，掌握一些基本方法。而研究生接受的是专业教育，学习必须带有研究特征，锻炼深究能力，主要是为了"创新"，探究新问题、创造新方法、发掘新知识，是研究生的职责所在。研究生需要养成这样的能力：高深难懂知识的学习掌握能力、信息的收集与加工处理能力，问题的发现提炼能力，问题解决方案的制定与实施能力，实验结果和社会调查结果的分析与总结能力，独立思考与创新的能力等。

在大学，研究生既是受教育者，又是研究者，既是导师的学生，又是导师的助手。学会在研究中精进学问、在研究中探索创新，积极地参与科学研究和创新实践训练，将成为你们这几年的人生主题。我衷心地期待，通过研究生阶段的学习，你们能够具有更开阔的视野、更丰厚的学养、更进取的精神，养成高尚的学术品格，收获丰硕的学术成果，成就更加美好的人生。

下面，我结合自己 30 余年的学习研究经历，提三点希望，和大家共勉。

首先，希望你们有敢立潮头唱大风的志向。当前，我们正处在新一轮世界科技革命和产业变革孕育兴起的时代。在这个时代，一些重大科学问题的原创性突破正在开辟新前沿、新方向，一些重大颠覆性技术创新正在创造新产业、新业态，科技的发展不仅日新月异，而且是以更短的周期、更快的节奏、更广泛的渗透影响着每个人的生活。科技进步对政治、经济、文化、社会的影响越来越复杂多变。互联网、大数据、物联网、云计算、智能化、传感技术、机器人、虚拟现实（VR），它们如此尖端，却又与我们如此接近，它们带来的融合与共享，使得创新不再仅仅是科学家等高端专职科研人才的舞台，而是为每个想创新、敢探索的人提供了机会。

在这样一个充满了无限可能的时代，你们来到集美大学深造，学校拥有的国家级、省部级科研平台和已经积累的研究成果为你们的研究提供了良好的基础。学校通过与交通运输部、农业农村部、国家海洋局、国家海事局等部委保持长期稳定的联系，开展战略合作承接重大项目研究，与诸多大型企业长期保持合作关系，与嘉庚先生族人、尚大先生后人等海内外华侨乡贤保持着密切的联系，这些都为进入科技创新前沿与进行文化传承和发展打开了战略通道。正在组建的智能制造研究院、航运经济研究中心、闽台美术研究中心、陈嘉庚研究院等跨学科研究平台将给你们提供展示才华的机会。

同学们，你们心怀梦想又生逢其时，这是怎样难得的人生际遇！青年人是最具有活力和创新精神的群体，要敢于站上时代潮头，拿出舍我其谁的自信，拿出只争朝夕的劲头，敢于走到学科发展的最前沿，敢于面对错综复杂的社会问题，去寻找突破口，解决新问题，去攻克科研的难关，去探索前人没有走过的道路，争取学术上取得新发现和新突破。

其次，希望你们有守得云开见月明的定力。选择读研究生，大家的初衷不尽相同，无论是对校园的眷恋、对汲取更丰富知识的渴望，还是对进入高精尖领域的好奇和跃跃欲试，这些眷恋、渴望和好奇把你们带进了这个全新的领域，你们拥有一腔热血，拥有聪明的头脑，但如果仅仅只有这些，也许还不足以支撑接下来的这段旅程。你们即将从事的，是获取新知识、开拓新领域、探索新发现、提出新思想的研究活动，无论自然科学研究还是人文社会科学研究，都需要多一些"坐冷板凳"的精神。科学研究具有长期性、连续性和难以预测性等特点，需要研究者厚积薄发。"看似寻常最奇崛，成如容易却艰辛。"求学从来都是一件艰苦而枯燥的事情，也是老老实实的事情，来不得半点儿马虎。要耐得住寂寞，静得下心神，挡得住诱惑。"板凳甘坐十年冷，文章不写一句空"，游刃有余的背后是难耐的寂寞和潜心的修炼。读研究生，如果没有甘坐冷板凳的定力和毅力，很难有所收获。

同学们，校主陈嘉庚先生强调"毅"，提倡肯负责任，提倡做事不中辍，提倡尝试不成仍继续前进，反对私自放任、苟安偷懒、半途而废或容易满足等，要求做事有善始善终、再接再厉、不怕失败的坚韧不拔精神。作为集大的研究生，你们应该毅于钻研。希望在未来数年，你们始终都保持着刚进校时的这份初心，怀有不懈追求科学精神的信念，以勤为径，以苦为舟，心无旁骛地在知识的海洋乘风破浪，向着成功的彼岸勇往直前。

最后，希望你们有抱朴守正求真知的操守。你们学做学问，既要增长才学，更要锤炼品格。自古以来，都注意从德、才两方面来论述人才，提出要"才德兼优"，并且明确"德"为"才"之帅。对于研究生，学术道德自律是求学治学过程中最起码的要求。学术是高尚的、纯洁的，古今中外都视学术领域为神圣之地。你们应该诚于学术。封建社会即便有卖官鬻爵之弊病，但读书人的学衔却不容染指，对科场作弊刑罚之重有史可稽。德国古典哲学家费希特在《论学者的使命》中认为：学者"应当成为他的时代道德最好的人，他应当代表他的时代可能达到的道德发展的最高水平"。可见，社会对从事知识生产和传播的人群有更高的要求和约束。在这方面，马克思、恩格斯的学术品格是我们学习的典范，他们把诚实视为学术的生命。马克思在谈到自己的政治经济学理论时郑重声明这是他"多年诚实研究的结果"。我认为，学术研究的"诚实"在于实事求是、逻辑缜密，在于信而有征、一丝不苟，在于不虚妄、不盲从、不逐流。

同学们，集美大学以嘉庚精神立校、以诚毅品格树人。"诚毅"二字，当成为集大学子恪守的人生准则。希望你们不断提高自身的学术修养，坚守学术良知，恪守学术道德，以求真务实、勤奋刻苦为荣，以弄虚作假、不劳而获为耻，以抱朴守正、谦进诚实为荣，以追名逐利、随波逐流为耻，始终秉持对学术的敬畏之心，在学问精进的同时，不断追求人格的完善。

同学们，时代给了你们千载难逢的机遇，学校也寄予你们无限的期望。年轻的你们精力充沛、思维活跃，最富创造力，也最具可塑性，如何富有成效地走过研究生阶段，对你们的一生将会有非常重要的影响。我相信，通过三年左右的学习与研究，你们在德才等方面都将更上一层楼，成为国家和社会的栋梁之材，并将为集美大学更好更快地发展做出你们应有的贡献！

最后，祝研究生新同学们身体健康，学业有成！

谢谢大家！

集美大学爱礼楼（现为海外教育学院）

胸怀家国　创新笃行

——在集美大学 2019 级研究生开学典礼上的讲话

2019 年 9 月 11 日

亲爱的同学们：

下午好！

昨天是教师节，首先让我们一起祝你们过去的、现在的和将来的老师们身体健康、生活幸福！

秋风送爽，硕果飘香，在这个收获的时节，我们迎来了集美大学 534 名 2019 级研究生新生，包括来自泰国、印尼、安哥拉的留学生。在此我谨代表学校全体师生员工向你们表示热烈的欢迎！并向为你们成长辛勤付出的父母、老师、亲友表示衷心的感谢！

100 多年前，中华民族风雨飘摇，面临山河破碎甚至亡国灭种的危险。爱国华侨领袖陈嘉庚先生怀抱"教育乃立国之本，兴学乃国民天职"的信念，秉持"兴教育，启民智，首应培养师资；兴海洋，挽海权，首应培养航海人才；兴商业，救经济，首应培养经商人才"的救国之道，先后创办师范科、水产科、航海科和商科等系列专门学校，奠定了集美大学的基石。经过 101 年的砥砺发展，今天的集美大学已经是具有博士、硕士、学士三个层级的学位授予权，且建有博士后科研流动站的福建省"双一流"建设高校。

研究生教育是国家培养高层次创新型人才的主要渠道，同时也是我校进行学科建设、科学研究和社会服务的坚实基础，是我们建设一流大学的重要支撑。同学们来到集美大学继续深造，将为学校的学术研究带来新活力，同时开启了自己新的人生征程。希望同学们能够度过充实而愉快的学习和研究生活，与学校同发展、共进步！

借此机会，我提三点希望，与大家共勉。

一、胸怀家国，时代担当

自古以来，我国知识分子就有"为天地立心，为生民立命，为往圣继绝学，为万世开太平"的志向和传统。你们取得研究生的身份，开始攻读硕士、博士学位，已经是青年学子中的佼佼者，更高的平台需要更广阔的胸怀和更宏大的格局与之匹配，才能发挥其应有的作用。我们的校主陈嘉庚先生就是胸怀家国的典范，其一生始终把国家和民族的利益摆在首位，始终践行"报效祖国、服务社会"的人生誓言，他把毕生的精力都奉献给了祖国的独立、统一和富强事业。毛泽东主席称其为"华侨旗帜、民族光辉"，习近平总书记赞其"艰苦创业、自强不息的精神，以国家为重、以民族为重的品格，关心祖国建设、倾心教育事业的诚心，永远值得学习"。所以，同学们不能"躲进小楼成一统"，在象牙塔和故纸堆里作枯燥文章，而应该"家事国事天下事事事关心"，具有国际视野、立足中国现实、扎根人民群众，做"接地气"的、有前瞻性的、有价值和有意义的创新研究。

文变染乎世情，兴废系乎时序。恩格斯以"这是一个需要巨人并且产生了巨人的时代"来论述文艺复兴时期。站在中华人民共和国成立 70 周年的时间节点上，走在中华民族伟大复兴的历史征程中，你们拥有无比广阔的学术创新空间，要自觉把学术研究与国家发展有机结合，把握时代脉搏，聆听时代声音，解答时代课题，勇敢承担起记录新时代、书写新时代、讴歌新时代的历史使命。

二、脚踏实地，诚毅前行

同学们，校主陈嘉庚先生十分重视对学生品格的培养，自创办集美学校之日起，他就吸取中华优秀传统文化，结合自己立身处世的经历，凝练出"诚毅"二字作为校训，写进校歌，用以教育和规范学校师生的言行，并且在多个场合要求学生"依照着'诚毅'校训，努力地读书，好好地做人"。学校在长期的办学实践中形成了"嘉庚精神立校，诚毅品格树人"的办学理念。一代代集大人则秉承嘉庚先生的教诲，诚以待人，毅以处事，在平凡的世界里书写着各自不平凡的故事。

"诚毅"是做人做事的道理，也是做学问的准则和指南。研究生的生活，有学习，更有研究。要打好研究能力基础、取得好成果、得到真进步，就要坚持"诚毅"，诚于学术、诚于真理。这要求同学们恪守学术道德，遵守学术诚信原则，尊重知识产权，忠实于科学、忠诚于真理。如果弄虚作假、投机取巧，最终必将害人害己、身败名裂。要诚于初心，更要毅于梦想、毅于实践。研究是一件可能很枯燥而且经常困难重重的工作，梦想也不是敲锣打鼓轻轻松松就能实现的，不能朝三暮四、拈轻怕重、畏缩不前，而要勇于探索和实践，要有意志、有毅力，多下苦功、多练真功，唯有坚持，才能勤业精业，才能实现目标。希望同学们脚踏实地，人生路上永远与"诚毅"相伴而行。

三、潜心学术，创新发展

创新是一个民族进步的灵魂，是国家兴旺发达的不竭动力。习近平总书记强调："发展是第一要务，人才是第一资源，创新是第一动力。"研究生是国家创新发展的主力军，研究生之"研究"，是一个创新创造的过程，就是探究新问题、创造新方法、挖掘新知识、开辟新领域。创新意识、创新精神和创新能力是研究生教育的核心。创新走的是别人没有走过的路，需要博学多才、高超技艺，需要心无旁骛、聚精会神，需要披荆斩棘、不畏艰难。习近平总书记在去年的两院院士大会上说："创新从来都是九死一生，但我们必须有'亦余心之所善兮，虽九死其犹未悔'的豪情。"提取青蒿素，屠呦呦经历了190多次失败，这在科学界并不算是罕有的特例。同学们，你们应该在探索中积累经验、在实践中破疑前行，在这过程中，挫折在所难免。真正的勇士并不惧怕失败，另辟蹊径，从头再来。你们还要有"亦余心之所善兮，虽九死其犹未悔"的豪情，愈挫愈勇，"只有不畏劳苦沿着陡峭山路攀登的人，才有希望达到光辉的顶点"。希望你们能用"舍我其谁"的信心和勇气，潜心学术，致力创新，不断超越自我，早日成才。

同学们，当今世界正在发生快速而深刻的变化，处于"百年未有之大变局"。我们也比历史上任何时候都更接近中华民族伟大复兴的目标，第四次工业革命的到来给中华民族带来了近代以来最难得的机遇。处在这样的时代，何其荣幸，同时也重任在肩。"雄关漫道真如铁，而今迈步从头越。"在我们心中谱写的，是"双一流"与"两个一百年"奋斗目标的时代交响曲；在我们眼前铺陈开来的，是中华民族伟大复兴的磅礴历史画卷。希望同学们珍惜韶华，砥砺品格，苦练本领，乘着新时代的东风，成就属于自己的壮美人生！

提前祝大家中秋节快乐！

谢谢大家！

广览博学　深钻精研

——在集美大学 2022 级研究生开学典礼上的讲话

2022 年 9 月 21 日

亲爱的同学们：

　　大家好！

　　很高兴今天下午能和 1109 名集美大学 2022 级研究生新生分享金秋收获的喜悦，共同见证你们加入集美大学。在此我代表学校向你们表示热烈的欢迎和祝贺！并向为你们成长辛勤付出的亲人、老师、朋友表示衷心的感谢！

　　同学们，你们来到集美大学深造，攻读硕士或博士学位，开启人生的新征程。硕士和博士称谓自古有之，战国时期就设有博士之官职，掌管古今史事待问及书籍文典、编撰著述、传授学问。硕士之称最早见于五代时期，是对德高望重、博学多闻之人的尊称。现代意义上的研究生学位源于西方中世纪大学，起初只是作为教师的任教执照，1809 年柏林大学等将科学研究纳入大学的重要职能，设立哲学博士，旨在培养高水平的科研工作者。1861年，耶鲁学院开始授予哲学博士学位，由此开了研究生培养制度的先河。1981年，我国实施《中华人民共和国学位条例》，设立硕士和博士的研究生教育体系，旨在培养具有从事科研、教学或独立担负专门技术工作能力的高级人才，而博士更需具备独立从事科研工作的能力，在科学或专门技术上能做出创造性成果。

"致天下之治者在人才"。研究生是国家科技创新的主力军，是抢占科技战略制高点的战略资源。研究生教育的本质在于培养学生"研究"能力，学术型研究生钻研探究，创造某个学科前沿的新知，让人类"知"的半径扩增。专业型研究生精通突破，目标是成为某一实践领域的专精人才，让人类"行"的效益提升。那么，如何求学，方能达成这样的目标呢？回望历史，治学之中"博学"与"精专"的取舍，是历代学者关注的焦点。有些学者主张精专，如元代黄潜说"人之学力有限，术业贵乎专攻"，清代戴震也说"学贵精不贵博"。有些学者主张广博，如南北朝颜之推说"夫学者，贵能博闻也"，近代康有为也说"学贵博，非博无以集众美"。但更多学者主张两者兼顾，如苏轼提出"博观而约取，厚积而薄发"，清代刘仕廉也说"非精不能明其理，非博不能至其约"。

同学们，进入研究生阶段，你们由一个行业专业的本科生，迈进按照学科规律特征划分的一级学科，走进学科的领域方向，并驻足于具体课题研究，学习和研究之路怎么走，才能拥有与学位相称的学识和能力？这里，我有两点建议。

一、广览博学，融会贯通能致远

为学，《礼记·中庸》有句话"博学之，审问之，慎思之，明辨之，笃行之"，简称"学问思辨行"，这是儒家提倡的最根本的学习之法。其中博学第一，"博学"是指广泛的学习，"天地万物之理，修己治人之方，皆所当学"。天地万物虽纷繁复杂，却有其共同的运行之道，技艺学科虽百千法门，但也有其相通的知识脉络，博学的目的不仅在于通学识，而且在于通学理。了解学科之间千丝万缕的关联，理解它们共同的底层逻辑：一则他山之石可以攻玉，可以借鉴、移植其他学科的方法、模式、手段与仪器等；二则学科之间交叉融合，可在外延渗透的交融中，拓展出新的研究前沿和领域；三则跳出学科专业局限，可从其他学科的视角看清本学科或其方向存在的问题。毛泽东主席非常注重学习之法，认为做学问如筑台，台积而高，学积而博："今夫百丈之台，其始则一石耳，由是而二石焉，由是而三石四石，以至于万石焉。学问亦然。今日记一事，明日悟一理，积久而成学。"博学是基础，达到博学通识的关键在于积累，而积累到一定程度，就要在博的基础上进行分析，加以归纳，做到融会贯通，从而内化为一己之学或为己所用，所谓"庇千山之材而为一台，汇百家之说而成一学"，因此，"为学之道，先博而后约，先中而后西，先普通而后专门"，这个约的过程就是将学问求精、求深、求专的过程。

同学们，无论是理工还是人文社科，学习都不该局限于自身的学科专业，更不能只盯着自己的课题，应该通过经常的文献阅读或学术交流，时刻知悉研究方向的最新进展，应该彻底消化所在二级学科的学术经典，掌握所在一级学科的学术根基和知识体系，还需要跟踪关注其他相关一级学科的发展，也需要了解不同学科门类的学术脉络或核心要义。具有人文素养的理工学生不会去做违背科研伦理的研究，具有理工素养的人文社科学生，更有能力推动文化繁荣发展和社会进步！希望你们做博采众蜜的"小蜜蜂"，经常飞去隔壁课题组看看，或许你会得到启发。偶尔飞去学科相近学院的课题组瞧瞧，或许你会获得灵感，还可以飞得更远一些，从理工科的刚性之域飞去文史哲的感性之域，飞进音乐美术的艺术殿堂，穿越不同的学科领域，能拓宽视野和学识、丰富思想和逻辑、激发思考和创新。努力做一只勤劳的"小蜜蜂"吧，在学问的广阔寰宇中尽情飞翔，广罗天地之奥秘，博采众家之精华，为自己积蓄出广博的学术根基，培养出优秀的文化素养和深厚的学养底蕴，未来才能做出真正有价值的研究，产出有意义的创新成果。

二、深钻精研，术有专攻成特专

明代王廷相说："君子之学，博于外而尤贵精于内。"博学是基础，但要学有所成还需要深钻精研。博观犹如养地，养好地力是种好庄稼的前提。如果没有深入调研选好播种的地块，就无法种出好庄稼；如果选好了优质地块，却没有精耕细作，也无法取得好的收成；如果只顾埋头耕作，而不去培育优良的特色品种，最终也无法收获属于自己的名优产品。可见，在"博"的基础上，还需专注于某个领域，"深入"钻研，才能进入"精通"的境界。清代赵晴初说："非博不能通，非通不能精，非精不能专。必精而专，始能由博而约。"由博而通、由通而深、由深而精、由精而专，最终才能回到博而约，它们之间互为因果又相互促进。如梁启超说："无专精则不能成，无涉猎则不能通。"

　　同学们，研究生阶段，科研是你们的必修课，接到导师安排的课题，要想在几年的学习研究中取得好成绩，专精是必需的。2020年9月，习近平总书记在科学家座谈会上说："科学家的优势不仅靠智力，更主要的是专注和勤奋，经过长期探索而在某个领域形成优势。"所谓"专"，就是对具体课题任务要有一往情深的专注，不把研究面铺得太宽，不朝三暮四，更不见异思迁，要专心于确定了的方向，聚焦问题的关键，心无旁骛、坚毅果敢地做下去，方能有所成。所谓"精"，就是要有穷尽学理的钻研精神，不泛泛做表面研究，要钻进项目课题，聚焦科学问题，深入、深入再深入，才能触及事物的本质，还需有精益求精的态度，不管是研究方法的选择、科学仪器设备的使用，还是数据的分析处理、结论的归纳总结提炼等，每一个环节、每一个步骤都需要精细对待，才有利于根本上的科学发现与创新。科研路上没有平坦大道，不仅要有"咬定青山不放松"的韧劲，还要有"不破楼兰终不还"的决心，更要有"板凳甘坐十年冷"的心境。只有在某个方向精心耕耘数年后才可能形成自己的特色专长，进一步坚持下去，才能成为这个领域的专家！

王国维在《人间词话》中说，古今之成大事业、大学问者，必经过三种之境界："昨夜西风凋碧树，独上高楼，望尽天涯路。"此第一境也。"衣带渐宽终不悔，为伊消得人憔悴。"此第二境也。"众里寻他千百度，蓦然回首，那人却在，灯火阑珊处。"此第三境也。大学求学的三个阶段也有些类似：本科阶段书海群览望尽天涯，只是看到了远方的那"山"；硕士阶段烟雨蒙蒙摸索探究，只为寻找山中拥有大殿的那"庙"；博士阶段夜以继日孜孜以求，才发现原来一路走来所思所想所悟都归于殿堂上大师手中的那"经"。希望你们能把爬山的辛苦、进殿的迷茫、见到经书时的欣喜汇集成人文或科技的经典，推进人类文明的发展。

同学们，作为集大人，希望你们传承"诚以致诚，毅以达毅"的品格追求，努力修炼"诚于学术，毅于钻研"的科学修养，让自己成为具有丰富的人文素养、严谨的科学态度、精湛的技术能力，能够解决复杂的社会和工程问题的广博精专的高级人才，如此，在今后愈发激烈的竞争中，你们将毫不逊色于那些"国一流"名校毕业的研究生，并能用你们优秀的表现和杰出的贡献为学校增光添彩！

　　祝同学们健康平安，快乐进步。

　　谢谢！

集美大学诚毅学院

2　泉州师范学院 （作为校长）

脚踏实地勤进取　为人为学快进步

——在泉州师范学院 2013 级新生开学典礼上的讲话

2013 年 9 月 17 日

亲爱的 2013 级新同学们：

大家上午好！

在这令人激动、充满喜悦的金秋时节，我们举行泉州师范学院 2013 级新生开学典礼。在此，我代表全校师生员工向你们表示最衷心的感谢和最热烈的欢迎！感谢你们，选择了泉州师院！欢迎你们，加入泉州师院！

今年，我校共录取普通全日制学生 5846 人，其中研究生 8 人，本科生 5159 人，专科生 649 人，少数民族本科预科班 30 人。招生专业涵盖了 4 个研究生专业方向、54 个本科专业和 8 个专科专业。招生省份达到了 24 个，东海校区非福建省生源比例首次超过 50%。生源质量保持良好，各招生批次的投档分在全省同类院校中排名靠前。学校还分别与黎明职业大学、泉州幼儿师范高等专科学校、泉州信息职业技术学院、泉州纺织服装职业学院、福建艺术职业学院等 5 所高职院校开展应用型本科人才培养试点项目，单列招生。

同学们，泉州是国家首批历史文化名城、东亚文化之都、世界多元文化展示中心，是全国著名侨乡和台湾汉族同胞主要祖籍地，是古代"海上丝绸之路"的起点，是闽南文化的发源地、发祥地，闽南文化保护的核心区与富集区，有"海滨邹鲁""光明之城"的美誉。泉州经济发达，素有"中国品牌之都""民营特区"之称，是国家级金融综合改革试验区之一。我们学校拥有一支爱岗敬业的教师队伍，将为你们领航指路，开启探求真理的大门。开设的2500 多门课程和各类前沿学术讲座，将为你们提供丰富的知识超市；开放多元的办学模式，将为你们提供中外交流、闽台交流、主辅修教育等拓展知识、增长见识的平台；等等。所有这些，为你们提供了良好的学习环境和进步机会。学校是全国新建本科院校中首批拥有硕士专业学位点的高校之一，是福建省硕士学位授予培育建设单位和福建省研究生教育创新基地。我校研究生教育的发展，将为你们继续深造提供更多更好的选择。

同学们，大学是一个朝气蓬勃的精英汇聚之地，是一个兼容并蓄的人才培养之地。在你们即将开始充满希望和困惑的大学生活之际，我给大家三个建议。

第一，要学会为人、学会做事。在大学里，不仅要学知识，而且要学能力，更要学做人，每一项任务都是一篇大文章。你们要完善自我，把文化知识学习和思想品德修养结合起来，做一个诚信、正直、受人欢迎的当代大学生。你们要善于学习，把全面发展和个性发展结合起来，主动利用学校各种学习资源，通过各种可能的训练使特长得到发展，缺点得到改正，弱项得到增强，学会至少一种永不贬值的本事，为自身潜力在将来能得到更好发挥打下坚实的基础。

第二，要设定目标、做好规划。"无目标，犹如航海之无指南针。"你们应当志存高远，敢于有梦、勇于追梦、智于圆梦，给自己设定高一点的目标，兼顾责任、特长和兴趣，把中国梦与个人梦结合好，体现社会价值和个体价值。在此基础上，以自己的智慧和视野做好规划，要正确认识世界、认识社会、认识自己，还要尽快认识你已经走进的泉州师院，包括你们所在的二级学院和学校的各种配套设施，针对你设定的目标来规划关键技能与特长的训练及强化方案。

第三，要脚踏实地、勤于进取。所谓"功崇惟志、业广惟勤"，实现目标需要勤劳、踏实。你们应当珍惜时光，按照自己的计划，脚踏实地，一步一个脚印地去努力，不要走过了青春，却没有抓住青春。你们还应当学会坚强，在实现目标的道路上，会遇到各种困难和挫折，要敢于面对，不逃避，不灰心，要战胜它们，化郁闷为美丽，即便不能成为伟岸的大树，也要做一棵茁壮的小草。

同学们，大学的精神和内涵，既体现在教学楼、图书馆、校园大道、刺桐花开的树下，也体现在代表人类文明的价值观以及理想、知识、智慧、创新和博大胸怀之中。在充满希望的大学里，希望你们能够用心思考、发现和感悟大学，遵循我校校训精神，"善学如泉，正心至大"，在大学的浸润积淀和潜移默化中完善自我，努力成为可堪大用、能负重任的栋梁之材。

同学们，泉州师院需要发展，你们渴望进步，让我们一起为圆泉州师院之梦、为圆你们人生的璀璨之梦而努力奋斗！

祝各位同学在校期间身心健康，快乐进步！

谢谢大家！

求职、就业，从现在开始

——在泉州师范学院 2014 级新生开学典礼上的讲话

2014 年 9 月 17 日

亲爱的 2014 级新同学们：

大家上午好！

在这充满喜悦的金秋时节，我校迎来了你们 2014 级的新生。在此，我代表全校师生员工向你们表示最衷心的感谢和最热烈的欢迎！

欢迎之后，我该说些什么呢？我想象着你们四年的学习，我关注着你们四年后的去向！

这些年来，大学生就业形势日益严峻，很多悲剧成为这个时代的缩影。在石家庄，一名 23 岁的女大学生因为求职不顺而跳水自杀，留下了写着"现实总是那么残酷"的几本日记和孤寡无依的母亲；在北京，一个失业近半年的大学生需要回家看望病重的父亲，无能为力时，在车站抢劫 4 元现金和一瓶水；在浙江丽水，一名 22 岁的失业大学生没钱吃饭，饥饿难耐，抢夺了路边一位女子的拎包……

每每看到这样的新闻，我都想对大学生疾呼：你们不能失业，因为社会不能失去你们！你们的家庭不能没有你们！

一直以来，我国的大学生普遍地存在着一个严重的错位：不能将中学时期的考试本位及时地转变为大学的就业本位。读初中是为了中考，读高中是为了高考，就目前中国的教育环境而言，这无可厚非。可是，读大学是不是还要为了考试？大致来说，大学生可以分为两大类：第一类是"玩大学"的人，他们压根儿不读书，不再为各种大小考试疲于奔命，替代的是网络游戏的刺激，花前月下的温柔，觥筹交错的陶醉；第二类是依然用读中学的做法读大学，读书是为了期末考试，为了英语四、六级考试，为了计算机等级考试，为了各种资格证书考试，等等。即将毕业时，发现考试快要到头了，为了以后能够有更多的考试，赶紧拿出头悬梁、锥刺股的毅力去备战研究生入学考试。对于第一种人，他们会毁掉自己并毁坏大学的名声；对于第二种人，我想要强调：读书——不管是读本科还是读研究生——目的只有一个，那就是更好地工作，更好地生活。

　　用兵虽是一时，养兵却需千日。可以说，从大学入校的第一天开始，你们就已经走上了求职的征途。如果说求职是一场战斗，那么，冲锋的号角在你们踏入大学校园的那一刻就已经吹响。

　　要想走更远的路，既要马不停蹄地赶路，还要尽量不走弯路。不走弯路就是捷径。方向错了，停止就是进步！为了不走弯路，一开始就要明确自己的目标，并且矢志不渝地朝着这个目标前进。没有目标注定要兜圈子，目标不能恒久也照样会南辕北辙。不思进取自甘堕落的人，我们或许会"怒其不争"，而早出晚归勤奋刻苦的人如果因为走了太多的弯路而最终一无所获，我们更加会"哀其不幸"。为了少走弯路，生涯规划便成为对每一个大学生都至关重要的事情。

　　在进行具体的职业设计之前，有必要先从仕途、学界、商界三个方面加以抉择。大致说来，每个人毕业后都注定要走上三条道路中的一条，而这三个大的方面对毕业生的要求是截然不同的。只有知道自己毕业以后想从事什么工作，才可能有的放矢地塑造自己的核心竞争力。如果想考公务员，就通过参加社团活动、担任学生干部等方式锻炼自己的交际、管理等方面的能力；如果想进入企业界，就应该进一步明确自己想在企业里面扮演什么角色，进而有针对性地安排自己的大学生活。而要在学界有所作为，需要有爱心、有扎实的专业基础和耐得住寂寞的修行。

选择比努力更重要。一个人选择周扒皮做老板，不管他多么努力地工作，恐怕也赚不到几个钱；一个人选择西门庆做老公，不管她多么努力地相夫教子，也无法保证没有第三者插足。同样地，当一个大学生选择走一条不适合自己的路，整天都把精力用来参加一些没用的协会、看一些没用的书，不管他大学四年多么刻苦，毕业时到了人才市场上照样没有竞争力可言。所以，选择应该是努力的前提，而不是盲目地努力之后再考虑如何选择。"不谋万世者，不足谋一时；不谋全局者，不足谋一域。"

在很多人看来，上大学的目的不过是掌握某种专业知识，如果一名计算机专业的学生学会了编程，一名英语专业的学生具备了英语听、说、读、写、译的能力，那就是合格的大学生了。然而，这种思维无异于将大学生等同于大专生、技校生。爱因斯坦说："Education is what remains after one has forgotten everything he learned in school."

如果把大学简单理解为一个学知识、学技术的地方，那么，当这些知识与技术被遗忘殆尽，就什么也剩不下了。而且，真正决定一名大学毕业生能否成功的，往往并非他在大学期间学到了多少专业知识，而是他在学习专业知识的过程中多大程度地锻炼了自己的思维能力。

以编辑出版学专业为例。该专业的毕业生固然有他们的专业优势，他们知道什么叫作印张、天头和地脚，知道用教材上的原文来谈论出版界的历史与发展趋势。可是，对于一名合格的图书编辑而言，最重要的不是懂得多少术语、知道多少理论，而是要善于分析、迎合、引导读者的需求，能够敏锐地发掘选题，并从内容到形式、从产品到推广做好这些选题。对于一个专业不对口的毕业生来说，他只要具备充分的思维能力和学习能力，就可以用很短的时间学完编辑出版专业的学生用四年学来的专业知识，而那些科班出身的编辑如果缺乏批判性、创造性的思维能力，可能在工作中学习几十年也策划不了一本像样的图书。

"知识"与"能力"是两个截然不同的概念，掌握的知识越多，并不意味着思维能力越强。经过20世纪70年代西方一场被称为"新浪潮"的批判性思维运动，这一点已经被人们广泛地接受。人的素质差异，本质不在于他们所掌握的知识信息量的差异，而在于他们思维能力的差异。所以，大学生在大学期间要学习的最重要的东西是批判性、创造性的思维能力和严谨、系统的分析能力。这种能力是一个合格的大学生区别于非大学生的根本所在，也是我们将大学生区分出高低优劣时的最终依据。

面对日益严峻的就业形势，很多人感慨：大学生太多了！人才过剩了！这是一个彻底的思想误区。站在求职者的角度来看，大学毕业生确实太多了；站在用人单位的角度来看，合格的大学毕业生却又太少了。换句话来说，大学毕业生太多，人才太少。

在谈论大学生就业难的问题时，对"大学生"与"合格的大学生"这两个概念做一个明确的区分是很有必要的。如果所有的大学生都就业难，那就说明就业难的根源在大学生以外的因素，比如高等教育制度、社会经济环境等；如果只是那些不合格的大学生难于就业，那就需要从他们自身去寻找就业难的根源了。这两年鼓吹"读书无用论"的不乏其人，可是，大学生就业难，问题并不在于读书是否有用，而在于大学生是否读了书，是否读了有用的书。如果那些整天压根儿不读书的大学生能够顺利就业，那倒真是读书无用的明证了。网易首席执行官丁磊说："优秀人才本身就是稀缺资源。"可是，这与那些整天泡在网吧里的网虫们无关，与那些只知道在餐桌上觥筹交错却不知自习为何物的大学生无关，也与那些恩爱甜蜜的全职恋人无关。这些人陷入毕业即失业的尴尬境地，是没有资格说读大学无用的，因为他们是玩大学，而不是读大学。

"玉在椟中求善价，钗于奁内待时飞。"对于一个合格的读有用之书的大学毕业生而言，人才是永远也不会过剩的。虽然他们在进入用人单位的视线之前可能同样需要经历一段痛苦的煎熬，但是，当别的大学生一次又一次被拒之门外，他们会抓住任何一个哪怕是非常细微的机会迅速脱颖而出。

同学们，在你们美好大学生活的开始，跟你们谈论有些残酷的求职与就业问题，实在是我的无奈。可是，临渊羡鱼，不如退而结网；与其临渴掘井，莫如未雨绸缪。与其等到毕业的时候羡慕身边的同学一个个找到了满意的工作，与其在求职的时候临时抱佛脚，用一些投机取巧的雕虫小技来掩盖内在实力的苍白，还不如从大一、从今天就开始好好规划未来，认真积蓄力量。

同学们，你们是足够优秀的，但是面对一个新的环境，你们应该尽快适应，认真思考，好好规划，抓紧行动，朝着适合你的方向，积极努力地进取。我希望、我祝愿，我们泉州师院 2014 级的所有同学四年之后都能谋得一个好去处，谋得一个好位置，谋得一个好未来！

祝各位同学在校期间身心健康，快乐进步！

谢谢大家！

泉州师范学院西南门

"主动"带给你美丽帅气的人生

——在泉州师范学院 2015 级新生开学典礼上的讲话

2015 年 9 月 21 日

亲爱的 2015 级新同学们：

大家早上好！

金秋送爽、刺桐叶黄的时节，我们学校迎来了朝气蓬勃的 2015 级新同学，在此，我代表全校师生员工向来自 26 个省（区、市）的 4950 名本科生和 27 名硕士研究生表示最热烈的欢迎！

十天前，你们走进了泉州师范学院，开启了你们人生中最华美的篇章，你们将在这里完成生命中最关键的一次蜕变。感谢你们，选择了泉州师院！

同学们，从跨进校门的第一天起，你们就成了泉州师院的 freshmen（大一新生），是泉州师院心心念念的"小鲜肉"。"freshmen"和"小鲜肉"都包含着新鲜和稚嫩的意思，"新鲜"意味着你们给学校注入了年轻且充满活力的血液，也意味着你们进入了与中学完全不同的成长环境。"稚嫩"意味着你们对于学习和生活中的很多困惑和迷茫，还无法恰当合理地自我排解和面对。可是你们大都已经18岁了，是法定意义上的成年人了。18岁，身体基本上发育成熟，对事对问题应具备独立思考、辨别分析等能力，所以把18岁定为"成年"，这是我国的法定成年年龄。18岁的人有选举权，并担负起一定的社会责任。可是，你们是否认真问过自己：我真的成年了吗？

让我们简单回想至今为止你们的成长过程吧，从小到大你们大都是家庭和老师双重呵护下的"小苹果"，在父母的包办下生活，在老师的压力下读书做作业，不少同学缺少独立生活经历，缺少主动学习和独立思考的能力，很多同学为了考试而学习，一些同学从来就没有问过问题，还有一些同学讨厌学习，痛恨读书。十八九岁的你们虽然生理上可能确实完成了向成熟期的转变，手脚有力，但是心智上对父母和老师仍然有很强的心理依赖性。曾经的叛逆虽然产生了强烈的独立意识，但由于长期被安排，没有压力和引导就不会或懒于主动思考和行动，当独自面对大学这个全新的环境时就会茫然不知所措。所谓"小学阶段老师扶着走，中学阶段老师牵着走"，这是由特定阶段的年龄与心智所决定的。你们曾经有过的做法是很"被动"的，但已经伴随你们走过了18年，"被动"可能已经成为你们生命中的习惯，成为一种思维和行动的定势，你们甚至还会以为，只要照此"被动"的习惯走下去就能够有美好的人生。那可就大错特错了！所以，达到法定年龄的你们还无法真正地履行你们法定的责任呀，你们的身体或许真的成熟了，但心智成熟还远在路上。

一个人的成熟不仅是生理上的成熟，更包括心智的发展和社会化程度的提高。康德在《答复这个问题："什么是启蒙运动？"》中将"不成熟状态"理解为"缺乏勇气与决心"，不经别人的引导就不能运用自己的理智。他认为成熟的状态则是敢于运用自己的理智去自由思考和行动，并为行动的后果负责。由此他提出的启蒙运动口号是"要有勇气运用你自己的理智！"因此，能够在独立的思考下主动作为，这是一个人成熟的重要标志之一。

美国"钢铁大王"安德鲁·卡内基，在20世纪之初就拥有4亿美元资产。当被问起成功的秘诀时，他不无感慨地说："有两种人绝不会成大器：一种是除非别人要他做，否则绝不会主动做事的人；另一种则是即使别人要他做，可也做不好事情的人。只有那些不需要别人催促，就会主动去做应该做的事，而且不会半途而废的人才能成功!"纵观历史，但凡事业取得巨大成功的都是独立主动的人，唯唯诺诺、被动的人永远成不了大事。主动赢得一切，无论是现在的生活、学习，还是将来的事业和爱情，被动地等待只能失去一次又一次的机会。优秀的人不会等待机会的到来，而是主动寻找并抓住机会，把握机会，征服机会，让机会成为服务于他的奴仆。积极主动永远是成功者不变的法则!

　　大学的首要功能是培养全面发展的优秀人才，大学也是青年学生作为"成年人"步入缤纷复杂社会前的重要缓冲地带。被誉为"20世纪最具人文情怀的大学校长"的美国芝加哥大学校长赫钦斯认为：大学不在训练人力（manpower），而在培育"人之独立性"（manhood）。大学的"大"字，拆开看是"一人"，也就意味着大学是让你们成长为独立成熟个体的修炼场，是你们由"准成年人"变成"正式成年人"的前沿阵地。因此，同学们要充分利用在大学的这段时间，从转变观念开始，着力改变自己依赖的习惯，下定决心，鼓足勇气，运用自己的理智，从被动走向主动，学会从被无微不至地呵护转变为独立生活，从被填充知识的"要我学"转变为主动学习和思考的"我要学"，从被动地等待做事转变为主动作为。争取在大学的几年间，能够在身体更加健康成熟的基础上，知识得到丰富、能力得到提升、心智得到发展，人格得到完善，为自己走入社会并成为一个能够在社会上很好生存、能够引领社会发展的人打好坚实的基础！

同学们，你们已经告别了父母和中学老师曾经为你们搭建的"温室"，你们要感恩他们的抚育和培养，可以多多回忆但千万不要留恋。现在你们已经走进拥有更宽广天空、更多阳光雨露的大学，如何更有效地读好大学，实现自己的目标，请认真思考并接受我的十六字建议：主动观察、主动思考、主动学习、主动作为。只有这样，也只能这样，你们才能真正把握住已经拥抱你们的大学机会，开启你们的主动人生。

首先，要主动观察，练就一双深邃的眼睛。今后数年你们将在泉州、在师院学习和生活，这个新家园及周边的环境是你们第一个需要观察的对象。不要只是被动地在老师或学长的带领下走马观花地看看图书馆和教室，你们需要主动出击，把目光追寻到学校的历史源头、追寻到学校的每一个角度和每一位师生，就会发现泉州师范学院既有深厚的学科文化积淀，又有朝气蓬勃的发展潜力。师院拥有首批省级 2011 协同创新中心和泉州地区高校首家院士专家工作站，师院有一批教育部新世纪优秀人才、闽江学者、桐江学者等高水平的师资，你们的学长们在国内外各类重要竞赛中频获佳绩，有的考上了哈佛大学和国内"985 工程"名校的研究生。慢慢地，你们还会发现在历史文化名城、东亚文化之都、海上丝绸之路起点的泉州，有 800 多万连做梦都想做老板的泉州人，他们面对一张网，看到的不是网格线，而是网眼，是机会。只有主动用心多多观察，你们才会发现哪些老师很有料，也知道哪里有好书，也可能一不小心发现了在校园的某个角落有你们心仪的帅哥或美女在学习；只有观察，你们才能发现这里的好人好事、美食美景；只有主动观察，你们才能真正地了解大学、了解社会。观察多了，自然会有洞察力，当眼神由清澈到沉稳时，你们的目光已由迷茫变得深邃了！

其次，要主动思考，练成一个聪明的大脑。早在 1828 年，耶鲁大学的一份报告就认为，学生获得某一专业的知识，就像脑子里装进了一件物品，但这种填充在一个迅速变化的世界当中，从长远来讲并没有太多的价值。学生需要的是思考的框架，以便不断适应变化的环境，找到解决问题的方案。在瞬息万变的时代，跨界大行其道，

360免费杀毒让金山毒霸无毒可霸，斗了十几年中国移动才发现真正的对手是腾讯，你不跨界，也有人跨过来打劫！或许你是精通工厂机器的行家里手，但是一个机器人跨界过来，你的所有知识和技能将变得一文不值，只有养成独立思考、积极思考的习惯，才能及时发现问题、提出问题、解决问题，走上创新之路，才能在全球化的跨界竞争中游刃有余！正如爱因斯坦所说："发展独立思考和独立判断的能力，应当始终放在首位，而不应当把获得专业知识放在首位。如果一个人掌握了学科基础理论，并学会了独立思考和工作，他必定会找到他自己的道路，而且比起那种主要以获得细节知识为培养内容的人来，他一定会更好地适应进步和变化。"因此，读大学最重要的不是学知识，而是要培养批判性、创造性的思维能力和严谨、系统的分析能力，学会主动独立地思考，独立思考是作为独立人存在的意义，要勇于挑战权威。如果你们当中有人会后站出来说："校长，我不同意您的观点！"那这将是我今天最值得开心的事！对我来说，"校长，我不同意您的观点！"这句话是天下最动听的音符，我相信我们的老师也一样期待着你们的问题，期待着与你们争论、讨论并一起明辨是非。

再次，要主动学习，用知识装满你的每一个细胞。《荀子·劝学》有"吾尝终日而思矣，不如须臾之所学也"。无论多么聪明的大脑都需要知识来填充，否则只能是空想的躯壳，因此，要主动思考，也需主动学习。在这个知识爆炸的时代，从学习内容到学习方法都需要你们主动选择。中学阶段，听老师的课、做老师布置的习题就可能得高分，但到了大学，老师只给你们指引方向，如果你们不主动学习，就无法找到打开"黄金屋"的钥匙，就不知"颜如玉"待在何方。中学和大学的学习完全不同，通俗点说，中学是打地基，"学什么？怎么学？"需要老师手把手地教，而大学是盖房子，"盖什么风格？怎么盖？"完全靠你们自己。从大学的发展历史看，现代意义上最早的大学——意大利的萨莱诺大学、博洛尼亚大学和法国的巴黎大学，这些大学都是在适应社会对高级专门人才的需要中产生的，因此，读大学首先要学的是专业知识和技能，这是你们今后踏入社会后赖以谋生和发展的资本。但是大学绝不是职业培训所，蔡元培先生在他起草的《大学令》中提出："大学以教授高深学术、养成硕学闳材、应国家需要为宗旨。"大学的学习具有自主性和开放性的特点。自主性是指你们不能再像中学那样被动学习，要从"要我学"转变为"我要学",将自我管理、主动学习作为成长成才的主要途径。开放性是指学习不能限于某个领域的专业知识,要主动博览群书,在加深自身专业知识深度的基础上,增加跨学科跨专业知识的广度,"多识由博学",多学科的接触,能使你们从不同学科的视角,以创新的方式来解决问题。"工欲善其事,必先利其器!"大学阶段,掌握学习方法比掌握知识更重要。21世纪是学习方式大变革的时代,2012年,慕课风暴席卷全球,一夜之间将全球顶尖名校的课堂推送到全球的每一个角落,优质教育资源的共享成为时代的必然。曾经,我们远渡重洋去海外求学,如今只要动动鼠标或者划一下屏幕就能进入国外顶尖名校的课堂。网络和信息技术使学习发生了翻天覆地的变化,在线学习、移动学习、泛在学习、合作学习、研究型学习等各种新的学习方式层出不穷,信息技术使学习进入全球化信息化的3.0时代。这要求你们主动掌握信息时代新兴的各种学习方式,以开放的心态,将眼界从学校扩展到全球,寻找并充分利用课堂内外、网络上下各种学习资源和机会,增加自主获取知识和能力的本领。

最后,要主动作为,成为行动的强者。墨子说过"志行,为也",就是说有目标和理想要付诸行动,这才是作为。如果想锻炼好身体，今晚就要去操场挥汗如雨；如果想练好英语口语，那就每周去英语角唇枪舌剑。马云说："如果你不去采取行动，不给自己梦想一个实践的机会，你永远没有机会。"如果没有主动的作为，仅仅停留在规划和口号，却把大量时间浪费在玩游戏、睡大觉和花前月下，那么再美好的梦想也只能是镜中花水中月。要成为一个自觉行动的人，就要在正确的时间做正确的事情，否则，等大学结束时，四年的大学生活就像鲁迅先生的书：大一"彷徨"，大二"呐喊"，大三"伤逝"，大四则"朝花夕拾"。"为者常成，行者常至"，坚持做事总会成功，不断前行总能到达目的地。主动作为才能有所为！在全球化的大趋势和背景下，这个社会永远不缺少机会，关键看你们是否主动作为，去做好迎接机会的准备。我们已进入以"个人"为单位，通过网络进行全球性伸展的时代，网络给我们打开了广阔的世界舞台。所以，不要再抱怨牛顿那只苹果砸不到自己头上，不要再抱怨约瑟夫垂青拿破仑而不是高大帅气的你，而是要深刻反思自己有没有主动作为。只有主动作为，有的放矢地塑造自己的核心竞争力，才有可能在未来激烈的职场上，抓住任何一个哪怕非常细微的机会迅速脱颖而出。

陆游有诗云："纸上得来终觉浅，绝知此事要躬行。"你们的知识和能力需要社会实践的锻炼去检验和修正。如果不参加数学建模竞赛，你们很难想到用建立数学模型的方法去解决轮胎胎面对汽车性能影响的问题，也不会想到社会上流行的打车软件与数学的联系。所以，希望你们积极参加"挑战杯"竞赛、电子设计竞赛、数学建模竞赛、电子商务挑战赛、创新创业大赛等活动，实践自己的创新思维和能力。此外，社会实践也是你们今后求职或创业成功的重要保障。中国青少年研究中心课题组发布最新研究成果显示，缺乏工作经验是大学毕业生求职被拒的首要原因（54.6%）。回过头来看，《2013大学生实习反馈调研报告》显示，59.5%的大学生没有参加过实习求职，大多数学生以"零工作经验"的状态进入职场。创业方面，清华大学等机构的调研显示，89.7%的被调查者没有参加创业实践活动的经历。所以，不要去抱怨企业要求"工作经验"的门槛太高，也别再抱怨创业缺少资金和机会，如果你们不多参加社会实践去积累经验，一切宝典秘籍都无法挽救失败的命运。走向社会、走向企业、走进实验室去实践，去锻炼，这是你们求职和创业成功的唯一出路！

成长成熟需要阅历，"阅"是在主动观察的基础上的主动思考，思考深化观察，"历"是主动学习下的主动作为，行动促进学习。主动地观察、思考、学习和作为，相互渗透交叉融合催化着你们更早、更快、更好地走向成熟。

同学们，充满希望的大学生活已经开始，希望你们从今天开始主动起来。一主动，紧缩的心灵就会得到舒展和放松；一主动，平淡无奇的生活又会重新燃起希望。为了将来收获成功的事业和甜美的爱情，为了实现人生的璀璨之梦，主动起来吧！

祝各位同学在校期间主动健康、主动快乐、主动进步！

谢谢大家！

泉州师范学院孙中山广场、陈明玉钟楼

速度与激情带给你快乐高效的大学生活

——在泉州师范学院 2016 级新生开学典礼上的讲话

2016 年 9 月 7 日

亲爱的 2016 级新同学们：

早上好！

在这火红的凤凰花再次盛开的时节，学校迎来了充满朝气的 2016 级新同学。在此，我代表全校师生员工向来自 30 个省（区、市）的 4487 名本科生和 28 名硕士研究生表示最热烈的欢迎！向考进大学深造的你们表示最衷心的祝贺！

蔡元培说："大学者，研究高深学问者也。""大学者，'囊括大典，网罗众家'之学府也。"教育家纽曼说："大学的职责是提供智能、理性和思考的练习环境。让年轻人凭借自身所具有的敏锐、坦荡以及同情力、观察力在共同的学习、生活、自由交谈和辩论中，得到受益一生的思维训练。"进入大学，意味着你们站在了人生的更高起点。

几天前，你们走进了泉州师范学院。在这里，你们有机会穿行于大楼之间，有机会在大师的培养熏陶、教育引领下，开启你们人生最华美的篇章，并将可能完成生命中最关键的一次蜕变。

世界之大、变化之快，无论是知识的更新还是社会的发展，要让自己成为一个有所作为的人，要学的太多，面临的竞争太大。今年，全国录取本科生 374 万人，录取率 39.78%，福建省录取本科生 12.19 万人，录取率 51.7%。也就是说，全国本科生群体数以百万计，已经超过了社会的就业需求。而我们的智商又没有先天的、必然的优越性，怎么面对竞争，特别是怎么跟众多高水平大学的学生竞争？大学本科四年，硕士研究生三年，时间何其短暂！如何把四年的学习提升达到八年的学习效果，用三年时间练就六年的本领。这需要激情，时间效率更是至关重要。

看过美国大片《速度与激情》的同学知道，主人翁之所以能在残酷的赛车中屡屡胜出，是因为他拥有狂飙于公路的疯狂激情，也有超乎寻常的极限速度。人生也是如此，决定人生高度的既包括做事的努力度和完美度，也包括做事的激情和速度。Facebook 的创始人扎克伯格，在被女友甩掉的当晚便心血来潮，怒敲代码，仅仅花了 6 个小时，便完成了从产品的设计、开发、上线到推广等一系列工作。之后，在扎克伯格的推动下，Facebook以疯狂的速度在美国的大学校园全面铺开，然后迅速蔓延到世界的每个角落。其实，更早拥有"社交网站"这个足以带动全球性革命想法的不是扎克伯格，而是Winklevoss兄弟，但是，扎克伯格以其疯狂的速度和狂热的激情赢得了一切。

这是个最好的时代，也是个最坏的时代。当你激情满满又有足够快的做事速度时，你会深信这的确是一个最好的时代。因为每个人都能通过各自的长处、技能、兴趣，找到一个足以安身立命的去处。然而，当你做事的速度慢时，你会抱怨这时代简直坏得不像话，钱都被人家赚了，红利和好处都被先行者瓜分完毕了。世界上唯一公平的一件事就是：每个人每天都只有24小时。但相同的时间资源却产生了截然不同的结果，究其原因是每个人的心智水平不同，对时间的感知能力和利用效率不同。做事缺少效率的人，即使每天再累也得不到预期的结果，这类低品质的勤奋者，常常用战术上的勤奋表象掩盖战略上的懈怠，最终也无法改变低效率甚至零效率的事实。高品质的勤奋者，是那些学会深度思考的人，他们通过认知升级不断提升做事效率，从而走向成功。

因此，我希望你们把激情与速度融入今后的大学生活，让激情燃烧青春，给你前进的力量，让速度为你赢得更多时间，抢得先机。

如果说大学是进入社会的预备役，那么人生将是一场磨炼你们心智和体力的持久战，请你们从今天开始就做好战略、战役和战术上的准备。这里我提几个建议。

一、战略上确定好目标，沿着正确的方向前进

在传统应试教育背景下，所有的努力似乎都只是为了考大学。当你们一路过关斩将，真正置身于大学校园时，不少人却陷入了迷茫，不知道该往哪儿走。方向的迷失或偏离是很可怕的。没有人生定位，随大流或者撞到什么做什么，最终必定茫茫然荒芜了时日。不少同学上了大学，放任自己，耽于玩乐，做一天和尚撞一天钟，混混沌沌走过 1460 天，毕业时收获的只有渐渐迟钝的大脑和蒙上灰尘的心灵。

有一句英语谚语："一块表如果走得不准，那它每一秒都是错的，但如果表停了，那它起码每天还有两次是对

的。"方向错了，速度越快离目标越远。因此，目标的确定和方向的选择已经刻不容缓地摆在了你们的面前。

党和国家投入巨资办大学，目标是培养全面发展的社会主义建设者和接班人；你们的亲人们花不少钱财让你们上大学，是希望你们能够拥有一个更加美好的未来；你们投入辛勤和汗水，为的是今后能有一个什么样的自己呢？作为一个负责任的成年人，你必须成为一个有追求、有能力、有素质、有品位的人，必须让人类历史美丽、善良、高贵的品质基因更多地和你的生命结合在一起。你要相信，有一个比你今天的生命更精彩的自己就在你的前方。今后，你不仅要有能力赡养自己的父母，尽到儿女的责任，而且要养育好你的下一代，尽到为人父母的责任。你还需要随时准备为家乡、为国家、为民族甚至为人类奉献更多！这应该是你战略选择的方向和目标。目标的高度反映一个人"格局"的大小。选择什么样的目标，就会有什么样的成就，乃至形成什么样的人生。标准越高，成长的速率就越大。因此，请坚持高标准要求自己，高标准可以促使你以数倍于常人的速度成长，毕业时必将华丽转身，邂逅一个全新的、优秀的、精彩的自己。

明确的方向可以减少你们犯错的机会，清晰的目标可以给你们更大的激情和动力。因此，你们必须明晰未来的发展方向，确定短、中、长期的奋斗目标。至少你应该尽快明确大学四年之后你要干什么。是深造、考研、考公、考教，还是到企业公司上班或者自主创业？是留在国内还是要出国去发展？……

希望同学们能够用半年的时间来适应大学生活，在一年内明确自己的目标，并沿着目标方向坚定地前行。

二、战役上做好规划，把时间花在更有用的事情上

最近，王健林的"小目标"走红网络，他说："想做世界最大，想做首富，有这个想法，是对的，是奋斗的方向。但是最好先定一个能达到的小目标，比如说先赚1个亿，看看能用几年可以达到目标，是规划五年还是三年。等到了1个亿，再说下一个目标，10亿或者100亿。"针对"1个亿小目标"，仰慕者有之，吐槽者有之。但如此豪迈的目标印证了一点，战略上做好了选择，那么在战役层面就要做好规划。

围绕你已经确定的目标和方向，应该准备什么样的知识和技能，应该构建什么样的大学四年生活，做好规划，

明确路线图、时间表，制订确实可行的实施方案就变得非常重要。学会制订自己的阶段性规划，并实现它，这种能力将让你们受益终身。

首先，要知己知彼，要知道未来社会需要什么类型的人才，要知道如何有效打造自己的软硬实力。任天堂公司是你们都很熟悉的网络游戏开发公司，他们对应聘者的要求很简单，只要通过日文2级，拿到全国计算机职业技能考试的Java工程师证书，可在日文条件下开发软件，即可去日本工作，年薪达人民币24万～40万元。但让人大跌眼镜的是，公司收到的500份简历中只有2个人具备面试资格。因为学校教的是C＋＋和VB等语言，只有这2个学生有选择地学习了企业需要的Java和.NET等技术。其实任天堂招聘的要求并不高，如果从大一开始就有目的地准备，只需要用1～1.5年时间就可以完全达到应聘条件。这就是为何同样读了四年大学，有的毕业后能拿到上百万年薪，而有的却毕业就失业。那些拿百万年薪的，在大学期间他们更懂得规划。

其次，要学会选择，请永远记住，选择比努力更重要！美学家朱光潜先生说，所谓"选择"，就是"审分寸"，而分寸就是审清楚"本末轻重"。四年的大学时光非常短暂，不要花了功夫最终却学了一堆没用的东西。尤其在互联网时代，很容易陷入"选择无能"，很难判断哪些事情更重要更值得去做。有不少学生，精力旺盛、兴趣广泛，什么知识都懂一点，什么事情都要尝试，结果最终什么事情都做不精，没有哪样是真正擅长的。就像盲目挖了很多口很浅的井，结果所有井都没有水出来，白费工夫。因此，从硬实力来说，你们不妨把自己打造成 T 形人才。一竖代表着你的专业，也就是主业，你要以精益求精、持之以恒的态度学好，力求以优秀的才能成为突出的优势。一横代表着其他学科或者领域的知识和技能，它们带来的新知识和思想养料，可以充实和启发你所精研的领域。你可以用相对少量的时间广泛涉猎，以捕捉和发展未曾预料的资源和机会，从而实现个人才能的最大化。

如何设计构建一整套围绕目标发展的计划也是新生们迫切需要做好的第二件事。你需要有一个健康的身心，你需要有丰富的人文或者自然科学知识，你需要有跨国工作能力、有很好的沟通交流能力……如何规划设计出一些战役板块，并一块一块地解决？希望你们马上启动，用一年的时间来完成并完善。

三、战术上找到好办法，把该做的事情
做得又快又好

战斗要赢得胜利需要好的战术。学习也是如此，需要有方法、出效率。

21 世纪，学习已全面进入全球化信息化的 3.0 时代，学习方式也发生了革命性的变化，在线学习、移动学习、泛在学习、合作学习、研究性学习等各种新的学习方式层出不穷，以慕课为代表的大批优秀在线课程将全球顶尖名校的课堂推送到你的指尖。但是，信息化在给学习带来最大自由和便利的同时，网络也把时间和精力分割得七零八落，低效率、碎片化成为这个时代学习的特征之一。常常是被标题吸引，打开正文后匆匆看两眼又马上关掉，也有不少人养成了一种囤积癖，下载了许多资源囤积起来，却没有时间细看，更不要说有效消化和吸收了。这样的做法只不过是做了知识和信息的搬运工，让信息占有了你的生命。

高效率学习做事可以让你有更多的时间来发展你的兴趣，享受你的爱好，丰富你的生活！知识的学习方法，技

能的训练方法，语言的学习，文科理科的学习，课上课下、线上线下的学习，在哪里学？什么时候学？如何保持旺盛的精力？动力何来？每个人都需要拥有自己的特长和特色。

信息化时代，在学习方法上需灵活多元。有策略地选择学习的方式、对象、资源、平台等，灵活运用多种学习方式和方法，多元利用学校内外、网络上下的各种学习资源和平台，积极扩大学习对象，多向高人、社会和生活学习。

在碎片化时代，在学习过程中要注重效率。有策略地根据既定目标，有目的、有取舍、有轻重地选择学习资源，有效分配并利用好时间和精力，既要充分利用网络上各种学习资源，又要主动避开过多无用信息的干扰。在主专业学习资源的选择上，要尽量注重知识的基础性、系统性和完整性。其他领域或学科的学习资源，则需要注重其交叉性、实用性和前沿性。

如何快速地掌握不同学科专业的知识和技能，你们已经积累了不少的方法，仍然需要进一步根据大学的特点来拓展，来深化，唯有此，你们才能以更少的时间获得更多的知识。

　　如何用四年时间读出八年的效果，需要明晰方向和目标，做好规划与安排，讲究策略和方法。同学们，真实地演绎好你们大学季的速度与激情吧。我相信，经过四年当作八年的修炼，你们一定可以破茧成蝶，成为学识丰富、具有独立思想和批判精神的青年才俊。请坚信，你若盛开，蝴蝶自来，你若精彩，天自安排！

　　最后，祝同学们能拥有快乐高效的大学生活！

泉州师范学院俊秀图书馆

3 厦门大学 （作为教师代表）

明天如何更加优秀

——在厦门大学 2008 级本科新生开学典礼上的发言

2008 年 9 月 21 日

亲爱的同学们：

上午好！

在这个令人激动和充满希望的早上，首先，请允许我代表我校的全体教师向你们表示最衷心的祝贺和最热烈的欢迎！

同学们，佩服你们，你们真的太强了！因为你们考上了本一线，而且你们走进了厦门大学。据我所知，在福建省，今年只有考分排名在前 7% 的理科生才能上本一类大学，要上国家"211 工程"和"985 工程"重点建设的大学，那比例就更小，其他省份也类似。所以，在座的各位同学的排名大多是处在前 5% 的，这说明你们有很好的智力水平，说明你们曾经非常努力，说明你们足够优秀。羡慕你们呀，你们有这么高的一个新起点。

但是，高中的优秀已经过去，上了大学，明天又会如何呢？明天你是否依然优秀或更加优秀？作为老师，我请同学们来认真思考这个问题。希望四年后你们能用实际行动给出一个肯定的答案！那么，该做什么又该如何去做才能继续自己的优秀呢？刚才我们朱校长已经从更高的层面上对你们提出希望，在这里，请允许我从教师的视角给你们几点建议。

一、设定目标、做好规划

教育的目标应该是多层次的。对于在座的已经走在了前 5% 的优秀青年们，你们的目标应该是成为社会各界的精英，否则上厦大的你就可惜了。精英要有强的社会责任感，精英要有能力引领社会向着更美更好的方向去发展。你的责任不仅要在精神上、物质上能够富足和提升你自己，而且要有能力帮助你的亲人朋友、你的村庄城镇，还要能够为我们的民族、国家乃至我们人类做出应有的贡献。所以，要给自己设定一个高的目标。目标的设定要兼顾责任、特长和兴趣。责任永远是第一位的，这是根基，一定要记住。很多同学过分强调个人兴趣，在我看来，你们更应该考虑自己的特长，因为这是你选择目标的依据，因为特长更有助于你的成功。请不要忘了：你感兴趣的不一定适合你。一定要记住：你感兴趣的可能很不适合你，甚至会害了你。

　　人生设计是实现目标最关键的一步，如何围绕你的目标做好四年的规划，这需要智慧和视野。首先，你应该好好地正确认识你自己；其次，你一定要好好地了解这个变幻莫测的世界，好好地认识这个错综复杂的社会；最后，你还要尽快认识你已经走进来的厦门大学，包括你的院系和学校的各种配套设施。唯有此，你才会制订出一个可行的、有用的好规划。策略上可以分学期进行，比如第一学期适应、调整，第二学期完善、提高……尤其要注意针对你的人生目标来规划出关键技能与特长的训练和强化计划。

二、抓住机会、珍惜时光

大学期间，该学的太多，政治、经济、文化、科技、社会等各方面知识。你们选择了厦门大学，这是正确的，因为厦大不仅有优美的环境和好的影响力，而且有很强的文理学科基础和发展势头很好的工科。在这样一所综合性的大学里你们有机会得到全面而良好的培养和训练，机会难得呀！

在大学里学习什么？上大学既要学知识，也要提升能力，更要学做人，每一项任务都是一篇大文章。要学会汇集全校各学科，而不是只局限于本系本院老师的精华来提升自己；要开发自己大脑的潜能，大学期间，没有多学一些难学的课程是一种重大的损失；要通过各种可能的训练使自身的缺点得到改善，使自己的弱项得到加强；要学会至少一种永不贬值的技能和本事，为自身潜力在将来能得到更好的发挥打下坚实的基础。大学里可学的东西很多很多，青春时光不可浪费呀！

大学期间，同学们还要注意用好老师。大学老师与中学老师的教学方式和教育方法很不一样，大学老师更多的作用是引导和启发，帮助你们开阔视野、为你们解答难题。厦门大学是研究型大学，我们老师肩负着教学、科研、社会服务等职责，也就是说，在教学之外还有很多工作要做。同学们要尽快适应大学老师的教学方式，要用足用好老师，充分地学习他们身上的知识和技能，要做到这一点，唯有主动！主动永远是关键。大学四年下来，如果你没有被一个老师认识并记住，那也是一种遗憾。

三、脚踏实地、努力进取

如何实现你的目标，行动是必需的。从现在开始脚踏实地，按照自己的计划，一步一个脚印地去努力。当然，在这个过程中肯定会有不少意想不到的困难和挫折，坚强也是一个优秀人才必备的品质，面对挫折不逃避、不灰心，要敢于面对，要有信心并想办法战胜它们。新同学们，我知道你们中的一些人已有不少的郁闷，有机会我会告诉你们如何化郁闷为美丽；那些还在迷茫甚至没有信心的同学们，有机会我会给你们讲如何成为伟岸的大树，至少要做一棵茁壮的小草。不要放弃，坎坷的路上，老师的鼓励永远与你们同行！

四、接受老师、共创未来

同学们，世上不是只有爸爸妈妈好，世上还有老师好！如果说还有一种爱能够与父母的爱相媲美的话，那就是老师的爱。老师的爱会以一种不同的方式来体现，会有更高的要求以及更高的视野和层次。同学们，接受我们伸出去的手吧！老师的爱有时甚至更无私，因为老师不求你们对我们个人的回报，但是我们希望你们对社会、对国家大有作为。

相信我们，我们充满爱心，我们已经准备好了，一脸的皱纹、满头的白发，虽然我们不是万能的，但是我们会尽心尽力，毫无保留！请以你们的积极主动来支持我们吧。只要我们共同努力，四年后，相信你们的知识会得到丰富、能力会得到提高、思想会得到升华、灵魂会得到净化。当你们离开厦大时，你们依然会是一批在同龄人中具有很强竞争力的优秀青年！

最后，让我们相约四年后，那时，我们这些老师会带着欣慰的笑脸为更加优秀的你们举杯祝贺！为你们饯行！

谢谢大家！

下 篇

山 高 路 远

——在大学毕业典礼上的致辞

1

集美大学（作为校长）

2

泉州师范学院（作为校长）

3

厦门大学（作为教师代表）

大学的毕业典礼，既是欢送大学毕业生走出校门的重要仪式，也是大学校长和教授面对全体毕业生在大学里最后一次讲话的场合，因此，这样的机会就显得愈加弥足珍贵。　对于在大学里经历了四年甚至更长时间学习的毕业生来说，他们对大学及其教职员工的感情已经成了其一生中无法忘却的部分，大学毕业生此时对很多事情的理解和对道理的接受程度与大学新生完全不同，他们当然也期待着校长和老师的临别赠言。　所以，毕业典礼上的讲话，既要依依不舍、充满深情，又要语重心长、富有哲理，不仅要有微观层面上对学生走出校门后的叮嘱和建议，而且要有宏观层面上长远的引导和提醒，并能对毕业生有所触动。　这样的讲话才能引起毕业生的共鸣，不但可以增进毕业生对母校的感情，而且能帮助他们在社会上健康快乐地成长。

　　毕业生走出校门就是社会人，有价值的毕业典礼讲话将会伴随并影响其一生。　即将步入社会的毕业生应该真正明白社会与大学的不同，毕业讲话要叮嘱学子们，虽然他们已经拥有了一定的知识和技能基础，但这是远远不够的，要成为入学时眼中的一座座高山，还要走很长的路，正所谓"山高路远"。路上可能有坑坑洼洼，会有风霜雪雨，要学会战胜面临的各种风险。这些风险，可能来自外部的客观原因，包括时运，更可能来自自身内部的问题，比如成功时的得意忘形，或失意时的妄自菲薄，有些是来自甘于平庸的摆烂躺平等。前行的路上，有时要紧赶，有时要慢走，要勇修凡身才能驾驭风险，要心存敬畏方能行稳致远，要居安思危才能化危为机，还要做到穷能守义、达行正道……每一件事情都需要用心用智用力，只有这样，才能实现心中的梦想，到达诗意的远方。

下篇共收录了本人的 11 篇讲话稿，大致就是围绕上述的目的来讲的，其中有不少讲话在当时也受到了社会的广泛关注并获得好评。在集美大学 2019 届学生毕业典礼上的致辞《勇修凡身越容颜　敢驭风浪谱新篇》被精选编入厦门晚报新媒体"厦门高校毕业典礼"主题报道；在集美大学 2022 届学生毕业典礼上的致辞《穷能守义善其身　达行正道兴天下》入选教育部大学书记校长大课堂，发布在国家高等教育智慧教育平台，并被精选编入中国教育报新媒体"大学校长毕业寄语"主题报道；在集美大学 2023 届学生毕业典礼上的致辞《过往未往铭序章　未来已来书正篇》被精选编入福建共青团新媒体"高校毕业典礼"主题报道。

　　此次将这部分致辞稿汇总结集，希望能够让有缘的大学毕业生和各界朋友们更系统地了解本人对大学毕业生的期待与嘱托，并能够引导大学生朋友们进一步去思考和行动，促进他们良性地发展，更好更快地成为栋梁之材。

1 集美大学 （作为校长）

追求梦想的远方　畅游诗意的天空

——在集美大学 2017 届学生毕业典礼上的致辞

2017 年 6 月 22 日

亲爱的同学们：

早上好！

今天我们在这里举行集美大学 2017 届毕业典礼和学位授予仪式，家长代表、校友代表也一起来庆祝你们的圆满毕业，分享你们的喜悦和快乐。在此，我代表学校向 2017 届同学和你们的亲人们表示最热烈的祝贺！我提议让我们一起以真诚的掌声向为你们的成长付出辛勤努力的全校师生员工表示衷心的感谢，我还要特别向引领你们走过四年却因为退休没能把名字签在你们毕业证书上的苏文金校长表示崇高的敬意。

梧桐叶上三更雨，叶叶声声是别离。这几天连绵不断的雨把别离敲在我的心上，也应该湿润了你们的双眼。作为集美大学最新的成员，我才刚来，你们却要走了，这平添了我的几分愁。你们还来不及听我唠叨，还没有机会和我争吵，还不认识我的沧桑，还没有见证我的衰老，而我的名字却已经无功受禄地留在了你们的毕业证书上，而且将永远地跟着你们闯世界、走天涯。

轻轻地，你就要走了，正如你轻轻地来。你轻轻地挥手，作别集大天空的云彩。离开学校，步入社会，求职路漫漫，职场道弯弯，面对变幻莫测的风险，我祝愿无师的岁月你们能顺利地走出生活的泥潭。作为一名非常资深的老学生，我借此唯一的机会，把我五十多年人生的一些体会与你们分享。

首先，明晰目标，追求梦想的远方。

从小到大每个人心中都有五彩纷呈的梦想，梦想开着我们建造的航母走遍世界，梦想成为世界五百强的高管，梦想培育出比野生海鲜更好吃更有营养的水产品，梦想成为武林霸主，一掌把拒不向中国认罪的日本鬼子拍入海底，梦想着弟子三千、英才辈出……这些梦想如天上的流云，飘过你们稚嫩的童年、懵懂的少年，飘过青春激昂的大学四年，而今这梦想即将飘出校园。当梦想不得不面对现实的艰辛时，梦想会不会不知不觉地走失或者消亡？

哈佛大学有一项关于目标对人生影响的调查，25年的跟踪研究表明：3％有清晰且长远目标者，25年来从不更改人生目标，最终成为社会各界的顶尖人才。10％有清晰短期目标者，不断实现既定目标，成为社会的中上层，即各行业不可或缺的专业人士和中坚力量。60％的人是模糊目标者，几乎都在社会的中下层，虽有安稳工作，却都没有特别的成绩。27％的人是25年来都没有目标的人，他们几乎都在社会最底层，过着常常失业、靠社会救济的生活。其实，这些人的差别仅仅在于25年前有没有清晰的目标和明确的远方。正如西方谚语所说，如果你不知道你要到哪里去，通常你哪里也去不了。

梦想决定了人生格局的大小，梦想有多大，你的世界就有多大，梦想有多远，你就能走多远。《后汉书》说："志不求易，事不避难。"志向远大，才有"会当凌绝顶，一览众山小"的大视野，才有鲲鹏"水击三千里，抟扶摇而上者九万里"的大气魄。

冯友兰把人生境界划为四个层级。自然境界中人没有梦想，顺着本能，浑浑噩噩，混吃等死；功利境界中人为自身谋，一切围绕自身利益；道德境界中人称为贤人，为天下谋，以生而为大众之福祉为己任，如范仲淹"先天下之忧而忧，后天下之乐而乐"；人生最高境界是天地境界，此境界中人为宇宙谋，被称为圣人。北宋策论家苏洵说："为一身谋则愚，而为天下谋则智。"为个人谋，思维和格局会被个人利益束缚而变得狭隘，所谓淡泊以明志，君子立志当看淡个人名利，以天下为己任，去实现"为天地立心，为生民立命，为往圣继绝学，为万世开太平"的理想，才能进入成圣成贤的人生境界。

希望你们在追梦的路上不断提升梦想的层次，并坚持用一生的时间在心灵的土壤中播种梦想的种子，带着执着的坚持，学会让梦想每天清晰一点点，壮大一点点，提升一点点，并且坚定地指向你的远方。

一百年前，陈嘉庚先生矢志不渝地创办了集美大学，从集大走出的每一位毕业生，无论今后遇到何种困境或者取得何种辉煌，请带着"自信人生二百年，会当水击三千里"的豪情，带着"路漫漫其修远兮，吾将上下而求索"的坚韧精神，诚于初心，毅于梦想，把嘉庚精神薪火相传，发扬光大。

其次，要穿越物质，品味诗意的人生。

路遥说："人生最大的幸福也许在于创造的过程，而不在于那个结果。"生命的本质是一个过程，过程中获得的任何物质或结果只能带来短暂的满足，只有以诗意的心灵去欣赏生命的过程，才能获得持久的幸福和快乐。海德格尔说："人充满劳绩，但还诗意地安居于这块大地之上。"没有诗意的人生是有缺憾的。人的高贵就在于能超出基本利益驱动的柴米油盐，去追求远方，并能透过酸甜苦辣的琐碎生活去发现过程的诗情画意。诗意是看遍人生大起大落之后处变不惊的淡定和从容，是不会被利禄羁绊一生获得心灵享受的安然与轻松，是小屋一顶、清茗一杯，听细雨浅吟、看落花低舞的宁静，是从春日郊外"呀，桃花开了"的直白，到"人间四月芳菲尽，山寺桃花始盛开"的优雅。非淡泊无以明志，非宁静无以致远。在匆忙的岁月中保持一颗纯净的诗意心灵，才能在"已是悬崖百丈冰"的日子里保持"犹有花枝俏"的乐观，才能在"喂马、劈柴"的日子里不忘"周游世界……给每一条河每一座山取一个温暖的名字"，才能有"黑夜给了我黑色的眼睛，我却用它寻找光明"的境界。同学们，让美丽的诗歌从生活中溢出，轻轻柔柔地散在生命原野的微风里。

人生原本就应该是一场诗歌的盛宴。事业成功时，可以有"数风流人物，还看今朝"的霸气，可以有"可上九天揽月，可下五洋捉鳖"的气魄，有"待到山花烂漫时，她在丛中笑"的浪漫。遇到挫折时，可以有"大江东去，浪淘尽，千古风流人物"的悲情，可以有"抽刀断水水更流，举杯销愁愁更愁"的忧伤。平平淡淡时，有"采菊东篱下，悠然见南山"的闲情，有"花间一壶酒，对影成三人"的逸趣。铁血豪情时，男儿可以有"金戈铁马，气吞万里如虎"的豪气；娴静如花时，女子可以有"红藕香残玉簟秋。轻解罗裳，独上兰舟"的情调。人生何处不相逢，相逢何必不言诗！

在物欲横流的大环境里，如何让怀着激情和梦想的诗意心灵穿越物质，透过结果，打造诗意盎然的精神家园，让自己不会随波逐流，变成物欲的奴隶，让自己在生活的苟且中依然充满诗情画意。无论身处顺境还是逆境，无论激情还是平淡，无论辉煌还是潦倒，都能用诗意的心灵去直面和拥抱现实，去战胜生活的坎坷和艰难。

同学们，愿你们在寻梦的路上，上马能杀敌，下马能读诗，把一生唱成一曲动人的歌，吟成一首美妙的诗。

最后，以书为友，有味有趣，把美丽带给人间。

我听到有同学说"终于不要读书考试了"，这样想的同学，你错了！毛毛虫需要长出翅膀才能变成美丽会飞的蝴蝶，而为梦想插上翅膀最好的途径是读书。习近平总书记说过："读书已成了我的一种生活方式。读书可以让人保持思想活力，让人得到智慧启发，让人滋养浩然之气。"

读书是生存发展之基础，书中自有黄金屋，书中自有颜如玉。读书能安身立命，赢得你想要的物质基础。虽然大学已读完，但"吾生也有涯，而知也无涯"。在知识爆炸的年代，一年不学习，你所拥有的全部知识就会折旧过半。只有以每年 6% 到 10% 的速度更新知识和思维，才能适应未来社会的需要。不读书，你会陷入困境而束手无策；不读书，你会很快被滚滚后浪拍死在沙滩上；不读书，你会被呼啸而来的人工智能碾压得粉身碎骨；不读书，你了解不到量子纠缠的神奇，并将迷失在量子通信的网络里。开始工作后，你一定会深切地体会到，书到用时方恨少，安身立命尚难，谈何诗与远方。"男儿欲遂平生志，六经勤向窗前读"，为了你的生存和发展，请你继续加倍努力地读书吧。

读书可以使你成为家人倚重、社会敬重、国家看重的人，可以引领你走到无限的远方。人类厚重的历史、中华璀璨的文明，还有交织的政治、经济、社会、文化，无尽的知识和智慧都蕴藏在书中。书中自有望远镜和显微镜，书中自有瞭望塔，全方位的读书是理解世界的利器——可以使你融会贯通、无师自通。阅读就是在头脑里营造瞭望塔，不断添置各种大大小小的望远镜和显微镜，它们将你的视野变得无比广阔和深远，并助你发现很多细微之处，视野不仅影响判断力和决策力，也决定人生格局的大小。毛泽东一生读书数万册，宽广的涉猎是他运筹帷幄、领导中国革命走向成功的法宝。新东方的俞敏洪，工作后平均每年读一百多本书，这让他能够从容带领新东方走向辉煌。读书破万卷，可让你在更宽的视野和更高的格局上追逐梦想，提升层次。幸而数载寒窗苦，自此阡陌多暖春，只有被书香深深氤氲过的人，才能轻舟万山过，自在中流行。

读书提高气质、修养和品位，可以让你变得更加有气质，成为"万人迷"，并能把美妙带给人间。春秋时期，六艺之学熏陶出温润如玉的谦谦君子。诗经有言"有匪君子，如切如磋，如琢如磨"，君子的自我修养就像骨器和玉器的加工，而加工的工具就是书。所谓"腹有诗书气自华"，读书不只为安身立命，更为提升自己的品位。书是春天的鲜花、夏日的蝉鸣、冬季的冰雪，能滋润净化心灵；书是淡雅的水墨、飘逸的书法，能陶冶情操；书是夏天的燥热、秋天的萧瑟，能修炼性情；书是皎洁的明月、清新的风，能消解浮躁；书是醇厚的红酒、清香的茶，能提升韵味。你的气质中，透着你走过的路和读过的书。喜欢读书的人，从容颜到灵魂都会透露出优雅和品位。"北方有佳人，绝世而独立。一顾倾人城，再顾倾人国"，这份顾盼倾人的魅力，是一个人气质、修为、品位的综合体现，是文化修养和生活品质的长期积淀。请让书做你的青青子衿吧，一日不见，如三月兮。请把你的所有闲暇时间都用来读书吧，终有一天，你的诗情画意、你的修养品位，会把美妙带给人间。

同学们，请以书为友，以诗为伴，带着梦想，坚定地向着远方出发。"此地一为别，孤蓬万里征。"

悄悄地，你走了/正如你悄悄地来/你挥一挥衣袖/不带走大学四年心中的雾霾/但请带上母校对你的牵挂和准备好的喝彩！

亲爱的同学们，即将道别集大这个家，你们马上就要沿着四通八达的海陆空路网走世界闯天涯。我的目光会送你们走出校园，并随着你们的身影直到很远很远。你们今后的位置和去向，决定了我的视野有多宽，我的目标有多远。我相信，你们的生活比我想象的更灿烂。我盼望，你们走出半生归来时依旧是少年。我期待，你们充满诗意的笑脸。

亲爱的同学们，沿着那青瓷板铺就的凹凸小路，就能找到集美大学这个家。走进这个温馨的家，就有那一壶永远泡不完的乌龙茶，品尝着那香喷喷的茶，放眼望去，窗外就是那一树开不败的凤凰花。不远处的郊外，漫山遍野的相思树，无时无刻不在为你们发芽。

即将由学生变为校友的同学们，母校期待着你们回家！

谢谢大家！

集美大学光前体育馆

人生抢跑争风景　心流星河梦成真

——在集美大学 2018 届学生毕业典礼上的致辞

2018 年 6 月 22 日

亲爱的同学们：

早上好！

在学校即将迎来百岁华诞之际，今天，我们在这里举行集美大学 2018 届毕业典礼和学位授予仪式，与在场的家长和校友代表一起分享喜悦，庆祝你们圆满完成学业。在此，我代表学校向 2018 届同学和你们的亲人们表示最热烈的祝贺！向为你们的成长付出努力的全校师生员工表示衷心的感谢！

时光暗度、光阴如飞，转眼你们已度过了大学四年，转眼集大已栉风沐雨满百年。时光无声而岁月有痕，时间煮雨中一切都已变化万千，你们从青葱走向成熟，学校由中等师范学校成长为具有博士学位授予权的多科性大学。

千年历史兴衰，百年世事变迁。然而，科技的迅猛发展已将"变"推进到极致，层出不穷的新事物以 10 倍速产生或消亡，让人眼花缭乱，无所适从。从门户网站开发到电子商务崛起不过 5 年，从智能手机普及到微商遍地不过 1 年，现代社会 10 年就可以发生巨变，10 年前无法想象的微信、天猫、共享单车、滴滴打车、刷脸购物等，如今大家不仅耳熟能详而且用起来得心应手。没有一个时代能像现在这样变得狂飙突进，时代的风云变幻已远超我们的想象，让人很难预测，未来 5 年或 10 年应该拥有怎样的能力才不会被时代抛弃？

除了社会的瞬息万变之外，还有毕业后时间被碎片化的现实，毕竟一入江湖岁月催，没有谁可以远离俗世纷扰、不染红尘烟雨。工作学习常被杂务琐事打断，生存之柴米油盐、社会之人情世故、发展之奔波忙碌毫不客气地把时间切割，网络更是将"碎片化"变成了时代特征，很难再有完整的时间可以进行系统深入的学习。没有了考试压力，再加上微信、网游等的诱惑，让你留恋于舒适区，或苟于安逸而淡忘梦想，或怯于仗剑而失去豪情，或沉于庸俗而放弃诗意，慢慢变成油腻中年，甚至更早地沦落为油腻青年。

这就是你们即将走入的社会和所要面临的现实，满怀梦想的你们，真的准备好了吗？

习近平总书记说过："历史只会眷顾坚定者、奋进者、搏击者，而不会等待犹豫者、懈怠者、畏难者。"在这个飞速发展的时代，如果不具备自我颠覆的勇气和快速迭变的动力，就无法与世界共同成长。快速意味着时间的高效，迭变则源于坚持不懈的学习。身处这样的时代，必须学会捕捉工作生活中的时间碎片，争分夺秒地用新知识、新技能、新思维、新观念武装自己，步步为营又步步颠覆自我，如此才能适应变化并取得主动权，才能游刃有余甚至引领时代，才能让生命之河摆脱油腻而流动起来，翻过那些山走向远方去看那片海，才能面朝大海感受春暖花开。

校主嘉庚先生曾说："盖学问与时俱进，研究无穷，进步亦无限。"那么，怎么才能与时代同行，迭变积累出厚重的人生资本呢？这里我提两点建议。

一、人生抢跑争风景，捷足先登上高峰

"'90后'教授"最近成为网议热点。"90后"的刘明侦和顾实博士被电子科技大学聘为教授，时年26岁的杨树博士也成为浙大教授……在其他"90后"还在为毕业

和就业发愁时，他们已成了专业教授。如此快速且优雅的起步，源于他们大学毕业后的抢跑和坚持不懈的努力。毫无疑义，他们已经走在同龄人的前列，看到了更多的风景；他们已经登上了更高的台阶，有了更宽的视野；他们已经拥有了更多的资源，可以更加大有作为。

人与人之间差距的拉大，决定因素之一就是"紧要之处"的抢跑。越早抢跑，就能越早实现优势富集效应。优势富集效应是上天赐给每一个披星戴月的奋斗者的美丽惊喜，只要在"紧要之处"比别人早努力一点，造成的"势"就能把起点的微弱优势滚雪球般地富集成巨大优势，让你脱颖而出，捷足先登进入海阔天空的境界。大学毕业后的这十年应该就是人生中最重要的"紧要之处"。比尔·盖茨曾说："我 20 岁到 29 岁期间，从未放过一天假。"他不仅因为从小在编程上的突出能力而获得了优势富集，而且抓住了黄金十年，为微软的巨大成功奠定了基础。

生物学研究表明，18～35 岁是大脑第 2 个黄金发育高峰期，学习力处于峰值，是一生成长和自我更新最快的黄金期。许多功成名就之士在这十年实现了人生逆袭，进入事业巅峰。牛顿 23 岁发现万有引力、爱因斯坦 26 岁提出狭义相对论、巴菲特 26 岁成立投资公司、扎克伯格 20 岁创立脸书、马化腾 27 岁创立腾讯……人生中的很多大事，如选择职业、开创事业、成家立业等，都发生在毕业后的十年。可以说，毕业后的十年是实现人生超越的窗口期，能为未来几十年的发展奠定基础，也决定未来的生活状态和能达到的人生高度。这个阶段一年的努力将胜过中年以后的十年。因此，希望你们抓住这黄金十年，早抢跑早努力，才能在还能承受得起失败的年龄，磨炼出成熟的心智、优秀的品格和卓越的能力，才能更早拥有选择的权利和自由，才能赶上父母老去的速度，才能更有尊严、更有成就地活着。

"少年辛苦终身事，莫向光阴惰寸功！"调查数据表明，75％的人后悔年轻时努力不够而一事无成。时光太匆匆，还来不及拥抱晨曦就已手握黄昏，还来不及细品殷红窦绿就已银装素裹，还来不及享受锦绣华年就已白发迟暮。不要在最该努力的青春年华浪费最美好的时光，否则，等精力、体力、智力、心力都衰退时，就只有被时光耗尽的"凉凉"了。生活沉重如山，上有老下有小，中间夹着房车贷。可是，为了梦想，为了家人，为了成就更好的自己，你们必须在小仙女和女金刚之间做出选择，必须踏着青春的晨霜马不停蹄地前行。创立两家世界 500 强公司的实业家稻盛和夫曾说："年轻时玩命工作是我这辈子做得最对的事。"

同学们，青春是用来奋斗而不是用来挥霍的，让毕业十年的超强努力拼搏成为青春最美的姿态吧！

二、时间碎片汇星河，心流有序梦成真

英国著名博物学家赫胥黎曾说："时间最不偏私，给任何人都是 24 小时；时间也最偏私，给任何人都不是 24 小时。"能否把上天给的 24 小时过成自己的"34 小时"甚至更多，关键在于是否善于利用时间，尤其是闲暇时间。我很高兴，刚刚我们的知名校友吴亚强也提醒大家这一点。统计数据表明，80 岁的人生有超过 11 万小时的闲暇时间，占生命的 1/6，平均每日闲暇时间长达 4 小时。如果每小时读 20 页书，5 天的闲暇时间就能读 1 本书，一辈子足可以读 5000 本书，等于再上 4 次大学。可见，闲暇时间已成为人生重要的资本。台湾作家吴淡如每年都在工作之余学习新技艺，这不仅为写作带来源源不断的灵感，也为她多年后跨界成为主持人奠定基础。可见，那些

懂得充分利用闲暇时间并狠下苦功的人，常常成长速度最快，也最能迅速拉开与同龄人的段位差。如胡适所说："一个人的前程，往往全靠他怎样利用闲暇时间，闲暇定终生。"

闲暇时间的利用，是一种丰富生命的时间艺术。我们无法把握生命的时间长度，但可以通过提升时间价值去扩展生命的丰度和宽度。时间碎片化时代，闲暇时间仿佛是若即若离、若隐若现的佳人，你疏于寻找，她便绝尘而去，你用心对待，她便与你一唱一和。其实，只要有心，等车时段、上班路上、开会间隙等，时间的芳踪随处可寻。圣人不贵尺之璧而重寸之阴，文学大家欧阳修生平所作，大多得自马上、枕上、厕上。前不久，外卖小哥雷海为战胜北大硕士获得"中国诗词大会"总冠军，靠的是在生活的艰辛中把工作间隙的碎片时间全部沉浸于诗歌的美好，从容地把忙碌困顿的生活过得诗意盎然。人生路上总是潜藏着许多默默积蓄着张力的时间碎片，你尽管低头捡拾。未来，当点滴的琐碎时间被串起，它们将无限扩展你的人生，将生命的触角延伸到新的天地，助你收获丰盈饱满的广阔人生。

要把碎片时间串成生命的华美项链，需要精准的时间利用策略。如夸美纽斯所说："时间应分配得精密，使每年每月每天和每小时都有它的特殊任务。"每个人都有独特的生物钟，不同时间段有不同的体力、情绪和智力状态。只有有序分配时间，让活动与生物钟"合拍"，才能使人迅速进入心流状态，这是一种能将认知和学习能力提高4～5倍的高速状态。时间膨胀理论认为，高速状态会将时间变慢，让人感觉时间好像变长甚至凝固。心流能让人全神贯注于所做之事，犹如沉浸在爱情里，幸福的满足感让人忘记疲劳甚至忘记时间，达到时间利用的最大化。因此，成功只能来自精准时间把控下的有序工作，效率低下的无序忙碌带给人的只能是无尽的疲惫和焦虑。要想到达远方、实现梦想，就必须修炼出高效有序的时间利用艺术。

"东风夜放花千树，更吹落、星如雨。"只有更多地去捕捉时间碎片的星辰，让它们在生命的天空如烟花般璀璨绽放，洒落成雨，涓流成河。蓦然回首，在绚烂无比的星空下，梦想的远方已在灯火阑珊处。

亲爱的同学们，集大的百年是你们的起点。马上，你们将带着"诚毅"品格走出校门。今辞集大彩云间，千里江湖何日还；校园书香留不住，青春已过万重山。生命之河翻山越岭，即使韶华三千终抵不过似水流年。春未老，诗酒趁年华！亲爱的百年集大人，希望你们以梦为马，与时间为友，早起步，快抢跑，把时间碎片串成星河，照亮青春前行的漫漫征程。

我祝愿，也深信：十年后或者更早一点，母校一定会因为你们而更加骄傲！

谢谢大家！

集美学村科学馆（现为集美大学美术与设计学院）

勇修凡身越容颜　敢驭风浪谱新篇

——在集美大学 2019 届学生毕业典礼上的致辞

2019 年 6 月 21 日

亲爱的同学们：

早上好！

在集美大学开启新的百年征程的首个"夏至"之日，我们在这里举行 2019 届毕业典礼和学位授予仪式，庆祝你们圆满完成学业。在此，我代表学校向 2019 届同学和你们的亲人们表示最热烈的祝贺！向为你们的成长付出努力的全校师生员工表示衷心感谢！

昨夜忙完，月影初升、荷风送香，回家经过厦门大桥，车子从集美这头走向桥的另一头，这勾起我淡淡的离愁。"悠悠天下士，相送洛桥津"，今天，穿过学校这座桥，你们将走向社会。如果说学校是润物无声的春雨，和风细雨地包容、培育着你们，那么社会则是大浪淘沙的大海，用风浪考验你们，还需要你们的奉献与付出。

当今世界正在经历百年未有之大变局，变局让一切充满了不确定性，机遇与挑战并存。中华人民共和国很快将迎来成立 70 周年，中华民族伟大复兴，是近代以来无数仁人志士前赴后继、矢志不渝的梦想。现在，我们比以往任何时期都更接近这一目标，然而"行百里者半九十"。今天，历史的接力棒已经交给你们，希望你们尽快转变角色，把个人命运与国家民族的命运紧密相连，既清醒认识肩负的历史职责，也要有不畏艰险的勇气，努力把个人梦融入中国梦，砥砺奋进，谱写壮丽的人生篇章。

分别在即，我提两点建议，与同学们共勉。

一、告别昨天细思量，勇教自己换容颜

在大学，你们增长学识才干，提升能力水平，收获友情爱情，褪去青涩走向成熟。即将走入的社会，可能没有"面朝大海，春暖花开"的诗意，而你们自身和社会对你们的要求之间的差距，也可能并非如你的想象。

统计表明，对新入职的大学毕业生，用人单位最头疼的不是他们的专业能力，而是诸如工作散漫、好逸恶劳、患得患失、畏缩不前、半途而废、朝秦暮楚、生搬硬套、

纸上谈兵等，凡此种种都与个人在大学、中学甚至从小养成的行为习惯有关。习惯了父母和老师无微不至的呵护、宽容甚至纵容的同学，如果养成了行为习惯上貌似微不足道的问题，并且不加以重视并及时改正，就有可能会成为今后个人发展的显性或隐性障碍。

英国作家萨克雷说："播种行为收获习惯，播种习惯收获性格，播种性格收获命运。"良好习惯能带来成功的惯性，而不良行为则会带来隐患。大学时散漫成性，习惯了"百兆宽带，能叫外卖"的日子，工作后就无法承受"996"的紧张节奏。风起于青蘋之末，浪成于微澜之间，失败从来不是从天而降的，"草蛇灰线，伏脉千里"，不良行为习惯如毒蛇潜伏，或许哪天就会带来致命一击。历史上这种惨痛教训比比皆是。刘表占尽天时却因故步自封而灭亡，杨修才智绝伦却因嗜瑟过度而被杀。因此，决不能小觑行为习惯存在的问题，进入社会，没有谁再包容已成年的你们，更不会给你重复犯错的机会。不良行为如沉疴痼疾，需要勇敢面对。林则徐年轻时脾气急、做事毛躁，他用"制怒"匾警诫自己，最终变得沉稳刚毅，处乱不惊。其实，每个人都是自己经营的品牌，行为习惯代表你的品牌形象，勇于面对并修正不足才能打造出亮丽品牌。

成功从来不是一蹴而就，而是良好行为习惯的日积月累和水到渠成，勇于让自己旧貌换新颜才能开启新的生活模式，从而改变人生、把握未来。

但是，不是所有不足都可以改变，比如身高、颜值、天赋等。面对世俗眼光，不回避，不盲从，更不要自卑自弃。要敢于正视，并相信"天生我材必有用"，与其掩藏瘢痕，不如坦诚塑造完整而真实的自我。学会扬长避短，避开自身条件受限或不利发展的职业，放宽视野，找到不一定感兴趣却更适合自身条件的方向，也一样能书写靓丽人生。五音不全就别想当歌唱家，但可以用文字或技术成就自我。当然，如果对某些事情有独钟，那就拿出"衣带渐宽终不悔，为伊消得人憔悴"的勇气去追求。当年，梅兰芳初学艺时，由于眼皮下垂无神而被拒之门外，为磨炼眼神，他每天仰视飞鸽或俯视游鱼，最终练就摄魂夺魄的秀目。邰丽华，幼年失聪但苦练舞蹈，演绎出最美的《千手观音》。他们靠的是卓越的才华和敢为天下先的胆识。当下更是个靠才华、拼人品的时代，颜值等外在因素虽能影响起点，却无法阻挡追梦的决心，更无法决定能到达的终点。

同学们，身材可以矮小，但人格一定要伟大；相貌可以平平，但心灵一定要美丽；物质可以贫乏，但灵魂一定要有趣。君子如珩，佳人如佩，请勇敢正视自我吧，相信，千雕万琢后，你们一定都能修出超越容颜的绝代气质与才华！

二、善观时变抓机遇，敢驭风险谱新篇

当前，全球政治、经济格局正在重新洗牌，贸易战、科技战等愈演愈烈，世界更加复杂多变，多变带来难得的大机遇。我国正处于实现中华民族伟大复兴的关键时期，许多未知领域需要探索，更多科技难题和社会问题等待破解……你们应该从中找寻实现梦想的机遇。机，是天赐时机；遇，是去闯荡，去把握。关键在于你们是否有胆识和勇气抓住它，心动变行动，才能把无变成有，把有变成优，把不可能变成可能。

可是，机遇与挑战并存，成功需要机遇，前进必临挑战。人类最大的牢笼不是现实的残酷或平庸，而是对新生活的恐惧与畏缩。别让恐惧束缚住本可大展宏图的双臂，勇闯未来才能拥有未来。社会之海千帆竞渡，想站上潮头乘风破浪，就要有接受挑战的勇气，与巨浪共舞才有冲上

浪尖的机遇。机遇永远属于有魄力、有抱负、敢闯敢试的冒险者。"不入虎穴，焉得虎子"，冒险并不是孤注一掷，更不是走极端，它是自我的超越与创造。"两弹元勋"邓稼先隐姓埋名，身先士卒，为我国国防事业铸造了铜墙铁壁；"糖丸爷爷"顾方舟用自己和儿子做实验，消灭脊髓灰质炎，守护国民健康。别总梦想岁月静好，也别动辄迷茫颓废，迷茫的原因只有一个，就是在本该拼搏的年龄顾虑太多、冒险太少，安逸太多、血性太少！

"预支五百年新意，到了千年又觉陈"，人类社会的进化历程是一个不断创新的过程。当某些观念、规则或技术成为社会进步的障碍时，只有打破陈规、勇于创新，才能成为破茧而出的蝴蝶。当今世界，人工智能、量子计算等技术蓬勃发展，推动社会狂飙突进地从工业文明转向信息文明。面对未知和充满变数的未来，敢尝试才有机会，敢创新才能引领，成功永远只会垂青敢于站在风口浪尖、用创新思维去推动社会进步的勇士！华为勇于创新，十几年来坚持研发"备胎"，才能在"敌军围困万千重"时，有"我自岿然不动"的从容。

无限风光在险峰，困难与挫折总是同机遇与挑战相伴生。"岁不寒，无以知松柏；事不难，无以知君子。""不经一番寒彻骨,怎得梅花扑鼻香。"校主嘉庚先生说:"非常事业要达成功,亦应受非常之辛苦。"勇敢面对困难与挫折才能"凤凰涅槃,浴火重生"。"天行健,君子以自强不息。"你们有位 1995 级的学姐叫吴燕,曾患癌被迫暂停运动,后来她克服了无数艰难险阻,成功登上海拔 8848 米的世界第一高峰,成为登顶珠峰的福建女子第一人。同队里还有位 69 岁高龄的夏伯渝,双腿截肢,以常人不敢想象的勇气和毅力挑战极限、实现梦想。"勇者无惧"并非没有畏惧,而是懂得畏惧并战胜畏惧。"卧薪尝胆,三千越甲可吞吴",被困难磨砺才能变得更强大,被挫折绊倒才能仰望星空找回初心,被失败蹂躏才能增长阅历磨砺人生。挫折和失败对弱者是绝望的万丈深渊,而在勇敢者眼里,深渊也有水阔天长,飞下去也可以鹏程万里。

其实,勇敢是中华儿女与生俱来的基因,传承千年,根植于每一位中国人心中。远古神话中,西方的火是偷来的,华夏先人却勇斗自然钻木"取"来;为逃避末日洪水,西方人躲进诺亚方舟,大禹却勇斗灾难战胜洪水。西方惧怕太阳神,我们有夸父追日更有后羿射日。即便天塌地陷,也有女娲娘娘奋起补天!到了近代,勇敢的中国共产党人,更是用 28 年艰苦卓绝的奋斗与牺牲,让中国人民再次站起来，又用 40 年波澜壮阔的改革开放让中华民族富起来、强起来！如今，面对美国发起的贸易战，中国人民虽不愿打，但是，我们绝不怕打！哪怕困难重重，我们也毫不畏惧，勇敢前行！滚滚长江东逝水，浪花淘尽英雄。古往今来，无论个人、国家、民族，甚至整个人类，怯懦者终被奔腾不息的历史长河淘汰，而勇敢者却成为人类发展史上生生不息的中流砥柱！

每个人所经历的一切苦难都将化为滋润人生的丰富养料，助你扎下人生根基。习近平总书记回忆他在延安的插队岁月时说："我总感觉到了插队以后，是获得了一个升华和净化，个人确实是一种脱胎换骨的感觉。那么在之后，我们如果说有什么真知灼见，如果说我们是走向成熟，获得成功，如果说我们谙熟民情，或者说贴近实际，那么都是感觉源于此、获于此。"对刚参加工作的你们来说，最先要学的不是如何赚钱而是如何扎根，根扎得越深才越经得起人生的风雨严寒。阳光总在风雨后，待严寒散去，露出的将是"忽如一夜春风来，千树万树梨花开"的绝美人生！

同学们，江湖路远，来日方长。如果有一天你们陷入"雾失楼台，月迷津渡，桃源望断无寻处"的迷茫和恐惧，请记住我的临别赠言：面对再大的苦难，眼泪只能是暂时的释放，前进才是最好的坚强。"遇到强劲的对手，知识和技能只能是一种手段，果断地亮剑才是制胜的关键！"

集美读书数年，出发前，你们还应该带上闽南文化之"敢冒风险、爱拼会赢"的勇敢精神，今天我把这首家喻户晓的《爱拼才会赢》送给大家，让她陪着你们"拼世界，赢天下"！

（唱《爱拼才会赢》）

祝同学们前程似锦，宏图大展！

谢谢大家！

集美大学允恭楼（现为航海学院）

心存敬畏知守慎　身行正道稳致远

—— 在集美大学 2020 届学生毕业典礼上的致辞

2020 年 6 月 23 日

亲爱的同学们：

　　上午好！

　　今天我们相聚云端，以特殊的形式举行毕业典礼和学位授予仪式。在此，我代表学校向集美大学 2020 届毕业生表示最热烈的祝贺！向帮助你们成长的师生员工和亲人们表达诚挚的谢意！疫情之下，即使云相聚也来之不易。为保障你们平安返校、顺利毕业，坚守岗位的全校教职工、无私的校友和社会各界人士奉献了太多太多，请你们一定要特别铭记，让我们一起向他们表示最衷心的感谢！

　　同学们，你们注定是不平凡的一届，可谓"风聚云别"。入学遭遇"莫兰蒂"，毕业又亲历百年不遇的疫情。截至今天，疫情席卷了 215 个国家（地区），感染人数已超过 900 万，死亡人数将近 47 万，因这场疫情增加的失

161

业人数数以亿计，全球直接经济损失估计将达到几十万亿美元。大小只有 60～140 纳米的新冠病毒肆虐全球、祸害着号称主宰世界的人类，而直到今天，人类还找不到战胜它的方法。在人类与病毒的这场鏖战中，没有国家可以幸免，没有人能够独善其身。病毒对人类的这场大考，可能带来巨大变革，也唤起了人类的反思。于我，则是对"敬畏"一词的更深思考。

敬畏，是对待人和事敬重而畏惧的态度。个人命运总是与自然息息相关，也与他人和社会休戚与共。人生在世，当心存敬畏、行有所止。如明代著名学者吕坤所说："畏则不敢肆而德以成，无畏则从其所欲而及于祸。"今天，在同学们即将踏上新征程之前，我想与你们分享："心存敬畏，身行正道。"

一、敬祖孝宗兴家国，爱岗敬业勇担当

生命，是自然界最伟大的奇迹。自四十几亿年前诞生以来，经历无数行星撞击、五次生物大灭绝和数千万年冰河世纪，数不清的物种起起落落，才演化出如今生物界的千姿百态。每种生命都带着独特而神奇的信息和遗传密

码，它们是地球上重要的物种资源，是人类历史长河中坚强而伟大的存在。因此，每一个生命都值得敬重。来到世间的我们更是幸运儿，因为3亿个精子只有佼佼者才能与卵子结合而开启人生。既然有幸拥有生命就该倍加珍惜，每个人的生命只有一次，它脆弱易逝，一次小小的失误就可能让生命终止。

敬畏生命，先要爱自己，这是行孝尽忠的前提。"身体发肤，受之父母，不敢毁伤"，更不应自暴自弃甚至轻生！要努力提升自己，不仅四肢发达还要头脑聪颖，不仅颜值出众更要素质无敌，既要拥有生命的长度，也要拥有生命的高度，还需涵养爱心，使自己成为具有完善人格和美好人性的优秀个体。敬畏生命，还要感恩生养我们的父母，敬仰赋予我们血脉的爷爷奶奶和先祖们。人之行，莫大于孝，孝敬祖先、父母，是人类有别于其他动物的最美品德。"若不尽孝道，何以分人畜？"同学们，来日并不方长，千万不可弃父母亲人于不顾而自行其乐，无论何时，无论何地，如果暂时做不到"父母呼，应勿缓；父母命，行勿懒"，那么先从"不色难"做起。请给父母多一些笑脸，给爷爷奶奶多一些关爱，以"老吾老以及人之老"的孝心善待天下所有的老人，让孝敬的人性光辉在我们集大学子身上更加闪亮！敬畏生命，也要有传承繁衍的自觉。站在历史长河的时间渡口，每个人如浪花稍纵即逝，却承载千年过往也连接无限未来。一脉相承中，我们既是来者也是古人，担负着推动人类向前发展的重任。为了人类生生不息，生命个体还有生儿育女以延续家族血脉、传承民族精神的义务。建议集大学子们，机缘成熟时该婚就婚，政策允许时该生就生，并养育好下一代，为国家提供更多优质的人力资源，这也是在为国家做贡献。我祝愿集大学子们儿孙满堂，家族英才辈出！敬畏生命，更要为国尽忠。"寻根问祖不忘本"，于家为孝，于国为忠。国家，是国民的父母，是人民的依靠。每一次重大灾难，国家总是不计代价挽救人民的生命和保护人民的财产。希望同学们努力践行"爱国力行"的嘉庚精神，从"修己以敬"做起，从爱自我、爱小家走向心系国家民族、胸怀天下。

敬畏彰显人性，担当需要能力。工作是担当的基石，出色是能力的保障，想要工作出色须有敬业心。《荀子·议兵》有云："凡百事之成也，必在敬之；其败也，必在慢之。"

"敬业"首先从敬岗位开始，就是对就业的态度。今年再创新高的毕业生就业人数，与疫情导致的史上最冷就业寒流叠加，就业形势空前严峻。前不久，短短 1 万多字的政府工作报告 39 次提到"就业"，"稳就业保民生"已成为重中之重。工作不仅是个人与家庭的生活保障和需要，而且是维系稳定推动社会发展的压舱石。同学们，有工作才能生存，才能谈及孝亲爱国，请抓住并珍惜每一个机会！其实，每一种工作都是社会正常运转不可缺少的基本单元，只要努力，任何岗位都能做到工作出色！其次，"敬业"是对岗位职责和要求的敬畏，一旦接受就须认真对待。遵守职业规范，尊重行业规律，任何敷衍马虎都可能带来严重后果，甚至付出生命代价。1986 年，"挑战者"号航天飞机爆炸事故就起因于一个失效的密封圈。希望同学们慎始慎微，划定岗位规则的红线，杜绝侥幸心理，这是工作出色的前提，也是集大学子应具备的职业素养。最后，"敬业"体现在对工作成效的极致追求。习近平总书记曾说过："对待工作也要有'工匠精神'，善于在精细中出彩。"只有以高标准严格要求，精益求精，才能不断出精品。希望同学们把工匠精神内化于心，对标卓越、追求完美，在敬业中成就出彩的自己。

二、敬奉天道行知止，恪守人道事有度

穿过弥漫全球的抗疫硝烟，追溯人与自然的斗争史，透视日渐庞大的群体社会，隐约可见人定胜天的盲目自大和贪婪傲慢的无知无畏。在理智与冲动、灵与肉的碰撞下，人类如何与自然共存、与社会共荣？

"寄蜉蝣于天地，渺沧海之一粟"，对只有几千年文明的人类来说，已有 138 亿年的宇宙真是广袤无边、神秘至极，只占太阳系百万分之三的地球也称得上博大深奥，微观量子世界更是变幻莫测，目前人类已知物质和能量的存在形式只占宇宙估算形式的 4%。或许，此刻就有暗物质正在穿越你们；或许，你们身上的"量子"正在向潘建伟院士"暗送秋波"，而你们却浑然不知。人类对自然的认知渺如一尘，自然的"风吹草动"，如台风、地震、海啸等，都是人类的不可承受之重。千年前孔子就说君子当"畏天命"，敬畏自然的力量，应遵循自然规律。天不言而四时行，地不语而百物生，地球早已演化建立起人类与其他生命的生态平衡机制，正如习近平总书记所说："人因自然而生，人与自然是一种共生关系。"生态一旦失衡，

沙尘暴、泥石流等灾害就会成为人类的常客，跨物种的传染病，如埃博拉、鼠疫已经让人类经受了生存危机。敬畏自然，应知慎行，不可盲目冲动或为一己私利做出拔苗助长、涸泽而渔、断鹤续凫等违背自然规律之事。"道法自然"才能达到"天人合一"的境界，并给子孙后代留下绿水青山。同学们，当你们有成有权有势时，应该做到"君子慎其独"，不可因任性给自己带来横祸，更不能伤害族群危及人类，应积极主动向自然学习、掌握客观规律。小到基因改造的微观操作，大到开山挖渠的超级工程，集大学子们都应心存敬畏，科学论证决策，做保护自然、践行永续发展的表率。

　　敬畏缺失不仅伤害自然，而且会给社会带来灾难。在这个高度社会化的时代，没有人是一座孤岛，每个人都处于某种血缘、地缘、业缘关系中，也处于经济、政治、法律和道德关系中，个人行为在交织的关系传递中会对他人造成影响。一言不慎，可能人命关天；一招不慎，可能国破家亡。一个人出现问题就会产生蝴蝶效应，带来连锁反应，最终引发此起彼伏的社会海啸。疫情中那些隐瞒行程的感染者，不仅增加传染风险，而且扰乱社会，殃及千万无辜的人。在这个因互联网而变得更加错综复杂的现代社会，环环相扣，瞬息万变，大数据和网络让每个人"裸奔"在大众眼前，你的一切可能不经意间被网络瞬间传遍全球，及至无穷的远方，影响无数的人。敬畏互联互通的社会，集大学子们当慎所染、勿胡言、莫偏听、不轻信，不做社会问题和社会动荡的引发剂或助燃剂。同学们，当你们有名有钱有闲的时候，更应把握互联社会的运行规律，驾驭好自己，慎终如始，努力成为社会问题的医生或消防员，为社会稳定发展贡献集大学子的聪明才智和力量。

只要每个人对自然多一些科学规律的探索，人类的科学认知就会多一点，从而更能与自然和谐相处；只要每个人对社会多一份理性的思考，治理体系就能在不断完善中实现高效管理和服务，社会能更健康有序向前发展；只要每个人对真理的探索者多一份敬重，人类文明就会多一束科学和理性的光辉。有此基础，人类发展道路上就会充满更多的温馨、和谐和友爱！

虽然面对自然掀起的滔天巨浪，人类的能力如一叶扁舟。虽然面对偶发的巨大社会危机，个人力量微不足道。但是，当灾害使生命受到威胁，当危机使社会面临崩溃，挺身而出、逆行而上的舍生取义，恰恰是对生命最大的敬重。中华民族就是具有这样境界和胆略的优秀民族。面对新冠病毒的肆虐，84 岁的钟南山院士和 73 岁的李兰娟院士等专家义无反顾地逆行援鄂，4 万多名白衣战士，无数的军人、警察、社区工作人员、志愿者、快递员、环卫工等普通劳动者坚守岗位与病毒抗争。我校 1987 级校友刘丹蕻在祖国同胞陷于危难之时，不顾自身安危，克服重重困难，用自己公司的 13 辆大巴车护送在"钻石公主"号邮轮上的 312 位同胞平安回家。正是这些美丽无私的逆行者，他们用勇敢的担当守护了我们的健康与平安。在这里，请让我们一起向千千万万的抗疫英雄们致以最崇高的敬意！

同学们，离开学校你们就是社会人。漫漫人生旅途中，请知敬守慎，行止有度。为言行定下规矩，遵纪守法；为道德划定尺度，遵德守礼；为人性确立底线，守住良心。当然，在国家和民族需要的时候，你们要有挺身而出的勇气和担当，要有逆行而上的胆略和能力，保护民族、守卫家园，因为你们的身份永远是集大人！100 多年前，嘉庚先生创办集美大学，点燃了爱国爱乡的"诚毅"火炬，一代代集大人将它传播到世界的各个角落。今天，火炬传递到你们手中，请带着它身行正道、不畏艰难地奔向未来吧！任凭风吹雨打，也要让"集大光"照亮他人、温暖社会、闪耀世界！

最后，祝愿每一个集大学子行稳致远、成就璀璨人生！

集美大学尚忠楼群（现为财经学院）

居安思危备无患　化危为机图发展

——在集美大学 2021 届学生毕业典礼上的致辞

2021 年 6 月 25 日

亲爱的同学们：

上午好！

今天我们举行集美大学 2021 届毕业典礼和学位授予仪式。在此，我代表学校向毕业生们表示最热烈的祝贺！向帮助你们成长的师生员工、亲人、朋友们表示衷心的感谢！向未能来校参加典礼的家长们表示歉意！

四年前，我们同年"入读"集美大学。四年同校"同学"可能未曾谋面或只是擦肩而过，但我们有幸一起欢度集大百年校庆，又一起面对新冠疫情。今天，你们就要"抛下"我，走向更广阔的天地。我的心情你们懂的，"望君烟水阔，挥手泪沾巾"，祝同学们一路平安！

"平安"可能是我们用得最多的祝福，是每个人的心愿，也是人类美好的向往。安定、安稳、安全、安好，看

171

似平常却来之不易，人生路上很难总是风和日丽、风平浪静。平静之中可能暗藏危之萌芽，危机、危险、危难，看似远在天边，却无处不在，甚至可能随时发生。经历过这场还没结束的新冠疫情，看到美国霸凌行径对世界的影响，我们对安危应该有新的认识和思考。"君子贵知几"，有格局、有见识的人，会在事情萌发阶段做出预知和判断。因此，我们需时刻警醒，把危机化解在萌芽之时、成灾之前，继而正确应对、危中寻机。

当今世界处在深刻的变革期，新冠疫情影响深远，全球诸多领域正经历着前所未有的冲击与震荡，世界充满更多的不确定性。我国正处于实现中华民族伟大复兴的关键时期，随着我们步入世界舞台的中心，势必引发各种敌对势力的阻挠和破坏，未来发展面临严峻挑战。习近平总书记反复强调，要增强忧患意识，坚持底线思维，提高防控、化解风险的能力，要"在危机中育新机、于变局中开新局"。在百年未有之大变局的时代背景下，即将走向社会的你们可能会面临更多的风险，若要安稳从容，建议同学们不仅要有居安思危的意识和准备，还要有居危思安的信心与化危为机的能力。

一、居安思危识忧患，有备无患需修炼

"人无远虑，必有近忧"，中华民族历经磨难，居安思危的忧患意识早已融入民族文化的精神血脉。忧患意识，是对可能发生的祸害、灾难的忧虑和防备。危机固然可怕，但对它的无知和麻木才是最大的隐患。古往今来，因没有危机感而给自己带来灭顶之灾甚至国破家亡的教训数不胜数，乐不思蜀的刘禅、贪图享乐的隋炀帝……安逸之始，危亡之渐，环境越舒适、条件越优越，越容易让人麻痹大意、迟钝消沉，逐渐失去对变化和危险的感知力和抵抗力，好比温水煮青蛙，等待的是因麻木而死亡的危险。所谓"生于忧患，死于安乐"，早在《周易》就有"君子以思患而豫防之"的说法。"满招损，谦受益"，"成由勤俭破由奢"，"祸固多藏于隐微而发于人之所忽"，"千里之堤，溃于蚁穴"……这些是体现忧患意识的"经验之谈"。当前，虽然我们国强民安，但今天"躺平"的地方，也许明天就会坍塌。同学们，认真思考未来之忧，才能防住未然之患。拥有危机意识，是对中华优秀传统文化的传承，也是人生顺利平安的前提。

万物非孤立，事出皆有源。危机来自外界，也源于自身，我们虽然无法阻止外来之患，但可以减少发端于自身的危机。个人的价值观念、言行举止、性格修养、心理素质等的偏颇扭曲都可能成为人生隐患。贪婪自私、恶言恶语、偏激过激、肆意妄为、自卑脆弱，等等，都是危之源。一言不慎、害人害己，一招不慎、功亏一篑。好吃懒做是危机，胡作非为是危机，不思进取是危机，放弃学习更是危机！同学们，危机可能不是来自你的弱小与贫穷，而是来自你缺少拼搏奋进的意志力；危机可能不是来自你不够美丽帅气，而是来自你缺少高素质强能力；危机可能不是来自你不够努力，而是来自你对方向选择缺乏把握力；危机可能不是来自你的奋发进取，而是来自你贪得无厌地追逐名利；危机可能不是来自你的才华横溢，而是来自你出类拔萃时的德不配位；危机可能不是来自你功成名就，而是来自你成功后的忘形得意；危机可能不是来自你家族的钟鸣鼎食，而是来自你缺少救世济民的家国情怀⋯⋯

同学们，当时刻谨记正身立行，越是顺风顺水时，越要战战兢兢、如履薄冰。需要提醒的是，家风不正也是潜在的危机，"成家犹如针挑土，败家好似水推沙"，要预防家境富裕后可能产生的安逸懒怠或奢靡堕落，家风败落会危害整个家族。会赚钱是一种能力，会花钱是一种智慧。对于家族财富，当取之有道、用之有方。更要谨记，有国才有家，"覆巢之下，焉有完卵"，作为国民一分子，必须站在国家民族的角度考虑自身行为，为私利而本末倒置最终只能害国害己。"知而慎行"可保自身不成为危之源、祸之始。希望集大学子们向上向善、谨言慎行、感恩奉献、乐善好施，以此规避风险，把可能带来危机的自我因素降到最少！

"明者防祸于未萌，智者图患于将来。""居安思危，思则有备，有备无患。"人生要行稳致远，就要时刻保持忧患心和进取力，在平安祥和的日子里，锻炼出强健体魄，努力学习实践，储备好应对危机的知识和能力；在顺心如意的环境中，勤修内功，丰富人生阅历，锤炼刚毅品格，强大精神意志，真正做到顺能思逆、安能思危、平能思险、奢能思俭。希望同学们能在理论和实践的涵养下，将人生的行囊装满应对风险、化解危机的深厚资本！

二、居危思安有胆识，化危为机图发展

"天有不测风云，人有旦夕祸福。"危机不可避免，怎么办？"谁无暴风劲雨时，守得云开见月明。"首先要有信

心，人类漫长历史中战胜天灾人祸的文明经验，中华民族不屈不挠、永不言败的精神文化，华夏子孙勤劳智慧的基因传承，是我们自信的根基。从二万五千里长征创造奇迹，到小米步枪战胜飞机大炮建立新中国，再到改革开放走向强盛，百年来中国共产党带领人民艰苦奋斗、逆境中成长壮大的苦难辉煌，更能给予我们以自强不息、战胜危机的现实鞭策和鼓舞。党和国家、社会和单位以及不离不弃的亲人、同学、校友和各界朋友们是我们应对危机的坚强后盾，日新月异的科技和不断丰富的物质更是我们应对危机的坚实支撑。同学们，"人生天地间，长路有险夷"，漫漫人生，无论遭遇什么风险，无论遇到怎样的危机，相信"一切都会过去的"，"一切都会好起来的"！也请相信，母校永远会关心、支持你们！

遭遇危机难免紧张害怕，若手忙脚乱处理不当，就会按下葫芦浮起瓢，拔出萝卜带出泥，导致祸不单行。若掩耳盗铃刻意回避，或躲进小楼任其发展，也会导致事态扩大难以收场。因此，面对危机要沉着冷静，不自乱阵脚、无所适从，应积极处置，不被动敷衍，也不极端冒进。冷静观察、理性思考、科学决策、果断实施，争取能平稳解决危机并把损失和危害降到最小。当年，面对突然袭来的印度洋地震海啸，我们的校友、"桃花山"轮船长陈延冷静应对，果断调整缆绳、抛双锚、频繁用车，依靠沉稳精准的技术操作，经过持续 12 小时的拼搏，终于带领全体船员成功脱险，保护"浮动国土"安全返回祖国。处理危机需要观势，"察势者明，趋势者智，驭势者独步天下"，顺大势是化解危机的大前提。无论春风得意还是危急关头，都要审时度势、清醒务实。该顺势时顺，该蓄势时忍，有时需要针锋相对、寸土必争，有时需要有理、有利、有节，不能得理不饶人，具体则要由时、势来决定。只要思路开阔、办法对头，就能柳暗花明、化解危机。把握历史前进方向，顺应时代潮流趋势，应国策、顺民心，这是我们今后处理危机的出发点和立足点。

危机错综复杂，变化山重水复，强弱、优劣、好坏之间往往瞬息万变。危可能是机的开端，机可以是危的归宿。《道德经》说："祸兮，福之所倚；福兮，祸之所伏。"看似潜藏危机、陷入低谷，却可能绝处逢生。懂得危中寻机、乘势而上，才可能因祸得福。苏武持节牧羊，顺势蛰伏而后借机回汉；勾践卧薪尝胆，顺势蓄势而后反败为胜；刘备煮酒论英雄，顺势低头而后三分天下。危中谋机，需要在革故鼎新的艰难创新中谋得浴火重生的新机，才有可能勇立时代潮头。无论是充满活力的经济，还是强大的科技及军事实力，无论是从印刷术到鸿蒙系统，还是从指南针到北斗卫星导航系统，都从应对危机、解决问题中产生。28 年前，美国拒绝中国参加国际空间站项目，甚至立法禁止与中国开展任何形式的空间技术交流。正是在这种被排斥、被孤立的环境中，在事关国家未来安全的危机中，我们国家从零开始，在危机中开先机，2021 年 6 月 17 日 18 时 48 分，航天员聂海胜、刘伯明、汤洪波先后进入天和核心舱，标志着中国人进入了自己的空间站，现在我们可以骄傲地说："我们上面有人了！"某种意义上，可以说危机推动了社会发展，也促进个人跨越式成长。希望同学们在沉稳应对危机中加快进步，在化危为机的实践中蓬勃发展！我们杰出校友杨志坚董事长在逆境中成长、蜕变，他因希望、坚毅、勇敢、报国取得巨大成就，他就是我们的典范！

同学们，再过几天就是中国共产党的百岁生日。从石库门到天安门，从兴业路到复兴路，一叶红船劈波斩浪，百年大党使命担当，终于迎来今天的山河无恙、国泰民安。其中就有以罗扬才、罗明为代表的一批集大学子的英勇奉献。校主陈嘉庚先生一生爱国，不计个人得失，民族危机面前大义凛然。抗战时期，先生在日本人百万悬赏通缉下毫不畏惧，随身携带剧毒药品时刻准备以身殉国。如今，我们走在中华民族伟大复兴的道路上，还会遇到艰难险阻。"已是平生行逆境，更堪末路践危机"，希望同学们弘扬嘉庚精神，接起前辈重担，坚定信念前行，在直面危机的经历中提高胆识，培养能抽丝剥茧看清危机本质、洞悉大势的眼光和把握全局的能力；在化危为机的过程中增长智慧，以创新的思维和超凡的毅力变危局为新局；勇于攻坚克难，善于发展壮大，以自身的优秀和卓越，在社会主义现代化国家建设征程上做出集大学子应有的更大贡献！

最后，祝愿同学们前程似锦、顺利平安！谢谢！

集美大学福东楼（现为海洋装备与机械工程学院）

穷能守义善其身　达行正道兴天下

——在集美大学 2022 届学生毕业典礼上的致辞

2022 年 6 月 24 日

亲爱的同学们：

上午好！

今天我们举行集美大学 2022 届学生毕业典礼和学位授予仪式。在此，我谨代表学校向毕业生和家长们表示最热烈的祝贺！向帮助你们成长的师生员工、亲人朋友、社会各界表示最衷心的感谢！

今天应该是我在集大毕业典礼上的最后一次唠叨了。"最后"一词饱含师生离别的万千不舍，也容易让人回望过去。想当年，小时候因为家境贫寒差点被卖了的我，如今也即将从集大校长的岗位"毕业"，只是不知道同学们会不会给我及格？"蒲萄换叶欲成阴，岁月催人感慨深"，你们绿萄成阴，我已两鬓秋霜，带着暮色思考人生。

"人生到处知何似，应似飞鸿踏雪泥"，人生就像飞鸿踏雪无法预知。四年前，你们带着差不多的分数走进集大；如今，你们将带着有区别的素质步入社会；未来，在进退、起伏中，你们的差距会被拉开，有人必将功成名就，有人可能落魄潦倒。陆游诗曰"人生穷达谁能料"，命运之手会给你们贴上或"穷"或"达"的标签。

"穷"的本义是极尽、完结，后来指生活贫困、缺少钱财，而"达"在《说文解字》中表述为"行不相遇也"。可见，"穷"指无路可走，"达"表示畅通无阻。人生难免经历穷与达，苏轼主张"死生穷达，不易其操"，杜荀鹤认为"何事居穷道不穷"，而孟子的"穷则独善其身，达则兼善天下"成为历代仁人志士的信条。同学们，月有圆缺，人有顺逆，当命运把你们带入或穷或达的境地时，我希望你们"穷能守义善其身，达行正道兴天下"。下面，我与你们分享一下我对这两句话的理解。

一、独善其身贫守义，穷则思变毅图强

孔子说："贫与贱，是人之所恶也。"穷，使生活困苦，甚至带来生存危机；穷，限制想象力，束缚格局；穷，折射人性，激发自强的动力。邓小平说过："贫穷不是社会

主义!"穷绝不是光荣的事,但扛得住穷、守得住义,却值得称道。能脱贫去穷,并善济他人,更令人钦佩!

(一)独善其身,心守正义

都说"人之初,性本善",可是也有"饥寒起盗心"的说法,食不果腹时,人就可能去偷、去抢,甚至做出泯灭人性的恶事。王朔在《橡皮人》一书中写道:"贫困的生活真能把一个看上去温文尔雅的人变得禽兽不如。""穷"挑战人性,孔子说:"君子固穷,小人穷斯滥矣。"君子固守贫寒的操守令人高山仰止,小人一穷便无所不为了。所以,穷要守住善的底线,再穷也要知廉耻,不做坑蒙拐骗、打家劫舍等不仁之事,再穷也要有良心,不为利诱去做出卖朋友、出卖国家和民族利益等不义之事!孔子说:"君子修道立德,不为穷困而败节。"越穷越难以抵抗诱惑,越需要修身立德,要在一次次的诱惑面前,扼杀心中的恶念,厚培善的净土,守住"穷不做恶"的底线。

穷也可以有善举。贫而好施,功倍于富,善存指尖,惠泽他人。乐善好施,不仅是施舍钱财,也可以是表达善意与诚意:雨天借出的一把伞、板车爬坡时助推的一只手。更难能可贵的是,为受困心灵引路去实现梦想:"七一勋章"获得者张桂梅校长鞠躬尽瘁，助1800多位贫困山区女孩圆梦大学，命运置她于高崖，她却回赠以芬芳！感动中国的白方礼老人，用后半生心血资助了300多位学生，艰辛拾荒如乞丐，心灵高贵发亮光！

穷还应该秉持正义。义，耻己不善、约束自己，憎人不善、爱憎分明。勇于为正义发声，旗帜鲜明地表达正能量；敢于"路见不平，拔刀相助"，为善良仗义执言，为弱者主持公道，为真理刚直不阿；当国家和民族危急存亡时，能够挺身而出、义无反顾。作为被嘉庚精神熏陶过数年的集大人，我希望你们临贫处穷时，能以微小平凡的善举义举带动社会向善有义，把善和义的种子播撒到你们所到的每一个角落。

同学们，"有德之人，厄穷不塞"，存善守义，能带来走出贫困的转机，希望你们"善为至宝一生用，心作良田百世耕"。总有一天，你的善良会得到众人的赞许，你的大义会得到社会的推崇，由此给你带来更多柳暗花明的发展机会。

（二）穷则思变，奋发图强

摆脱贫穷是人类共同的理想。穷，可能来自先天家境、天灾人祸等客观因素；穷，也可能源于品德、行为等主观原因，如交友不慎，还有一些自己未曾察觉或不以为然、不愿承认甚至还津津乐道的问题、缺点。穷者与其纠结苦楚、抱怨命运，不如勇敢剖析自我，去除致穷病根。《易经》说"穷则变，变则通，通则久"，思变图强才能开启新的人生。

人生变幻莫测孕育着无限可能，生如蝼蚁当立鸿鹄之志，命比纸薄应有不屈之心！思变图强要有决心信心，穷莫穷于无志，有扛得住穷的勇气，更应有脱贫去穷的志气。古往今来，逆袭改命者多不胜举，车胤、孙康囊萤映雪，范仲淹断齑划粥，他们"穷且益坚，不坠青云之志"，上报国家社稷，下安百姓黎民，虽出身寒微却成为国家股肱之臣。思变图强要有素质能力，人不想身穷，更不应心穷，这需要穷者脱胎换骨的蜕变，要舍得对自己刮骨疗毒下"狠手"，戒除好逸恶劳、半途而废等坏习气，改掉出尔反尔、过河拆桥等差品行，否则再辛苦也只能下出"俗手"。要积极致力于提升能力，开阔视野，丰富心灵，只有当你具备更有价值的"本手"时，才有机会抓住机遇下出改变命运的"妙手"。思变图强还要有意志毅力，脱穷如移山，过程艰辛漫长，你们只有发挥"诚毅"之品格，坚持不懈，才能扫除阻碍走出贫困。

曾国藩说："人生莫惧少时贫。"贫困中摸爬滚打的经历，是命运馈赠的重要礼物，"穷"的折磨，可赋予你坚韧不拔、吃苦耐劳的品格，让你更有毅力做大事、成大器。"穷"的摧残，激发潜能，让你更能利用微热温暖人生，更能汇聚狭缝中透进来的微光照亮前程，更能抓住哪怕极微小的机会发展自我，咸鱼翻身，也更善于捕捉稍纵即逝的机遇而绝境重生。北宋苏东坡，正是在颠沛流离的人生沉浮中，在穷山恶水的海角天涯，写下了文学宝库中最璀璨的诗篇。

同学们，人生漫长，未来如星辰大海，祝愿你们高飞的同时不畏缩于可能遭遇的苦难。穷时，当自省，须思变，经百炼，方成钢，逆风飞翔吧，只要自强不息、只要奋发图强，就能改变命运，走上通达之路！

二、达知感恩济社会，贵行正道兴天下

孔子说："富与贵，是人之所欲也。"功成名就后如何走好达者之路，是人生的一大挑战。人生犹如单行线，善恶选择两重天，达者更有能力帮助他人，更有机会积功兴

业改变世界，为更多人创造幸福。但达者也容易膨胀，小则目中无人，大则助纣为虐。面对成功，没有感恩之心，面对利益，只知强取豪夺，轻则众叛亲离，重则万劫不复。同学们，常有感恩之举的达者令人赞赏，胸怀百姓、善济社会、达兴天下的达者更令人敬重。

（一）感恩回报，济世传善

感恩是人类最朴素的情感，也是人类文明的体现。富而不施，富无久长。知恩图报，善莫大焉。"滴水之恩涌泉报"，养育身心的父母亲人、传道解惑的师长、慧眼托举的贵人、培养历练的学校组织等，怎么回报都不为过。兼济天下是中华传承千年的优秀文化，达者不仅应该回报身边左右，而且要兼济社会，曹德旺先生在这方面就是值得我们学习的典范。成人达己、成己为人，扶危济困回馈社会，爱岗敬业昌盛国家。因为你的资助，学生得以继续学业点亮人生；因为你的捐赠，患者得以减轻病痛看到生的希望；因为你的爱心，残障人士找到工作可以自食其力；因为你的义举，弱者的权益得到保护，社会公平得以维护。达者兼济社会，不仅救助百姓脱离苦难，更带给他们精神力量，达者自身也收获心灵满足和灵魂升华，情怀因此变得更博大，为事业的长远发展奠下厚德的基石。

同学们，感恩回报也是传善的过程，它与你们的事业成就同等重要。各位集大学子，希望你们有能力时，做兼善社会的表率，以你们的善举向社会传递爱心、传播感恩文化，引领更多达者加入慈善事业，让世间更多的善意美好地传承、流淌，生生不息！

（二）笃行正道，达兴天下

回望历史，有多少达官显贵、商界巨贾发迹成功于困境，却身败名裂于达境。《资本论》中讲道："一旦有适当的利润，资本就大胆起来。……为了100%的利润，它就敢践踏一切人间法律；有300%的利润，它就敢犯任何罪行，甚至冒绞首的危险。"人是逐利的，但"君子爱财，取之有道"，"利"要谋得正大光明，否则害人害己。"德不配位，必有灾殃"，达者拥有更多人财物的支配权，言行举止影响大，一旦禁不住诱惑，管不住欲望，稍一任性可能谋财害命，稍一放纵可能伤天害理，给单位、社会、国家造成巨大危害，也给自身埋下盛极而衰的祸根。达者更应把道义摆在首位，习近平总书记说："要坚持正确义利观，以义为先。""义"是个人、家族和事业平稳发展的护身符、紧箍咒，它警醒达者，绝不能做为富不仁、欺凌弱者、唯利是图、祸国殃民等离经叛道之事，否则将受到道义的惩罚，遭受灭顶之灾。德才兼备为贤，以德引领，达而又贤，笃行正道，履义蹈仁，达者之路才能越走越宽阔。

真正的达者，"修身齐家"之后，应有"治国平天下"的格局，以天下为己任，胸中有世界、心中有穷人、眼中有弱者，以济世为民的情怀尽力承担更多、更大、更远的社会责任！从商，有情怀，引领产业永续发展，打造百年千年品牌；为官，担使命，为民众谋幸福，能流芳千古；治学，追求真理，攻克世界难题，造福苍生。如此，人类兴旺发达。天下大同是中华民族追求千年的理想，如果每一位达者都能担当起达兴天下的责任，世界将更能在和谐发展中走向大同。

同学们，穷达无常，商业帝国可能一夜倾覆，平凡小子可能一步登天，所谓"达亦不足贵，穷亦不足悲"。《格言联璧》有一句名言："势可为恶而不为，即是善；力可行善而不行，即是恶。"如何做到穷达皆从善，送你们一个三字锦囊：第一个字是"上"，无论穷达都要保持进取心，向上而行；第二个字是"止"，要止于底线、止于良心、止于至善；第三个字是"正"，做人要光明正大，仰不愧于天，俯不怍于人，对得起自己，对得起社会！十年二十年后，你回首往事，不因穷而失义而后悔，也不因达而无道而羞愧！四十五十年后，你回看人生，不因无所作为而懊悔，也不因胡作非为而负罪！同学们，校主嘉庚先生幼年家贫，但毕生奋斗，重义轻利，择善勇为，矢志不渝，终成"华侨旗帜、民族光辉"。希望你们以校主为榜样，穷不失义，达不离道，在为自己创造美好生活的同时，也为国家昌盛、为人类共同的美好未来，贡献集大人的智慧与力量、善心与大义。

同学们，离别在即，暮色沧桑的我，送朝气蓬勃的你们走向远方，我和你们中的一些人今生可能就此别过！

（唱《送别》的一段）

"长亭外，古道边，芳草碧连天，晚风拂柳笛声残，夕阳山外山……"

祝同学们人生路上穷者变达，达则恒达！

亲爱的同学们，再见！

过往未往铭序章　未来已来书正篇

——在集美大学 2023 届学生毕业典礼上的致辞

2023 年 6 月 9 日

亲爱的同学们:

大家上午好!

又是凤凰花开季，又到毕业远行时。今天，我们举行集美大学 2023 届毕业典礼和学位授予仪式。在此，"有点特别的"我代表学校向"有些特别的"你们——2023 届毕业生和家长们表示最热烈的祝贺!向帮助你们成长的师生员工、亲朋好友、社会各界表示最衷心的感谢!

今天的典礼至少有两个"特别":一是因为我的"延毕"使我又有机会站在这里"唠叨";二是因为你们这届学生经历了三年新冠疫情(说实话，这三年也是我人生中最揪心、最煎熬的时光)。因为疫情，你们熟悉了戴口罩、测核酸、打疫苗;因为疫情，你们熟悉了上网课、线上会、网上恋;因为疫情，你们习惯了校门管控、宿舍隔离、出行报备……因为疫情，生活节奏被打乱，身心健康面临更多风险，教学秩序被冲击，教与学的质和量受到了挑战；因为疫情，你们重新认识了"阴""阳"的含义与价值！疫情三年是人类之殇、国家之痛、学校之苦，你们多了五味杂陈的人生体验，有些同学还留下了无法抹去的痛苦经历。

"经历"是个人亲身所见、所闻、所做之事，是个体对世界的感性实践。"阅历"则是对"经历"思考、加工后的理解和收获，是认知的理性升华。对生命成长而言，经历是量的积累，阅历是质的飞跃。把经历转化为阅历，能让人前瞻事物发展，洞察世事纷纭，处世睿智练达。英国著名博物学家赫胥黎曾说："没有哪一个聪明人会否定痛苦与忧愁的锻炼价值。"三年疫情的特殊经历虽有苦痛却蕴含着价值，苦痛应该触发思考，思考才能有所醒悟，醒悟才利于赢得后续的挑战，从而迎来人生更大的希望。

同学们，你们即将告别学校走向社会，面对未来，特别是变幻莫测的风险，如何把过往，尤其是经历疫情之苦痛化为人生的营养，把这段经历转化为弥足珍贵的阅历，以此促成长、助发展，这里，我给你们两点建议。

一、回顾过往，铭刻序章

苏格拉底曾说："未经思考的生活是不值得过的。"反省，就是反思经历的林林总总，包括心理和行为等，在思考中得到启迪，让思维由简单变成熟，让行为从感性变理性。寻常经历中已经包括诸多人生道理，对其反思可以积累人生思想财富。特殊经历中的表现更能折射出本征人性，对其反思能夯实人生的基石并指引前进的方向。

回望疫情管控的三年，很庆幸集大校园内没有出现过一例阳性感染者，这得益于广大同学的配合、支持和团结协作，才使学校经受住了考验。因此，在这里我要再次特别地深深地感谢你们，谢谢同学们！但是，这并不意味着这三年都是风平浪静的，同学们对三年间自己的所思所为都心知肚明。当疫情"哨声"从远处的武汉传来，有的依然无动于衷；当疫情"锣声"紧张地从更多省份传来，有的开始不知所措；当疫情"鼓声"密集地从莆田、同安、湖里传来，多少同学惊惶失措，甚至以为世界末日将要降临！当校门不得不封控管理时，有人隐瞒行为轨迹，有人翻墙、剪网溜出校园去满足自己，有人内外"联手"只为了吃顿外卖；当不得不上网课时，有人借机消遣休闲；当遇到一些不满足时，有人在网络上随意抱怨，甚至破口大骂、污言秽语，更可怕的是，还有人无中生有、捏造事实告黑状，诋毁老师、学校和国家，如此等等。虽然这些只是个别同学的行为，但值得我们每一个人深思。同学们，当你"我行我素"时，是否考虑过自身健康的风险、考虑过老师和你的亲人们的担心？当你"肆意妄为"时，是否考虑过校园的安全、数万师生健康的沦陷？一旦因你破防，学校停摆，那将要付出多大的代价？当你"逍遥自在"时，是否想过消极应付会让你的学习质量打折扣？从而影响你今后的发展？当你"信口开河"时，是否想过在网上"胡言乱语"的危害有多大？是否给别有用心的人以可乘之机？你自己也有可能因此付出代价？……同学们，你们应该想到看到的是国家、社会、学校的巨大努力，是英勇无私的逆行者们冒着生命危险为我们坚守着防线，才守护住了我们的健康与平安！

　　诗人海涅曾说："反省是一面镜子，它能将我们的错误清清楚楚地照出来，使我们有改正的机会。"溯本清源，上述行为的可能原因：一是判断时缺少必要的科学和社会知识，缺少对真相的认知和对客观事实的尊重，更没有基于对真理的追求和光辉人性的崇仰，才会导致或自以为是，或随波逐流，要知道无知和一知半解都是产生自负和盲从的温床。二是选择时以个人为中心，常常还要精致利己，这导致在面对重大灾难和特定困难的时刻，容易为自身利益而不惜伤害别人，甚至殃及团队集体、国家民族乃至整个人类。三是行动时冲动任性，只图一时痛快不顾长远结果，即使侥幸一时没有带来危害，但这本身就包含巨大隐患，还会给自己埋下漠视规则受处分、违法乱纪受惩罚的祸根！

同学们，"未曾清贫难成人，不经打击老天真"。人生的经历，无论对错总能带来什么，疫情三年更不能就这样简单地过去。回顾历程让人进步，反思差错让人醒悟，牢记教训让人成熟。一切过往都该铭刻为面向未来的序章，成为你们书写人生正篇的必然铺垫！

二、面向未来，书写正篇

同学们，走出校门，迈入纷繁复杂的社会，"世路山河险，君门烟雾深"，百年未有之大变局带来更多变数。

没有谁能准确预知未来会发生什么，人为的或自然的各种灾害可能随时到来。既然充满变数的未来已来，你们更要懂得借鉴过往，才能更好谱写未来的正篇。

疫情给人类带来的身体上的损害容易被重视，而疫情给人类带来的精神上的创伤千万不可忽视，它可能正悄悄地改变着你们的人生观和价值观。就业选择时你们是否已经受到了影响？有的感觉人生无味、前途黯淡，有的放弃拼搏、一味求稳，有的不再有追求、准备躺平过日子……这些想法和思维方式应该引起每个人的重视，需要认真检视并校正。都说"一朝被蛇咬，十年怕井绳"，可是站在人类发展的高度纵目远望，就能看见"沉舟侧畔千帆过，病树前头万木春"。大灾大难虽然会严重影响社会进程，却阻挡不住人类一次次的扬帆启航，更改变不了社会向前发展的方向。史上破坏性最大的里斯本大地震，让人类对灾害的认知从神学转向科学，促进了文明和思想的进步。三年疫情积累了团结协作等抗疫经验，更加速了国家公共卫生和应急管理体系的健全。正如恩格斯所说："没有哪一次巨大的历史灾难不是以历史的进步为补偿的。"灾难是"天谴"，但也是打开新天空的"天启"。如今，疫情正在远去，希望同学们不因黯淡时光而在心底留下阴影，仍应向阳而生，更不可因伤痛而萎靡消沉或对前途失去信心，仍要逐光前行，并能在"天谴"中发现"天启"，得到跨越发展的崭新机遇！

习近平总书记说："以史为鉴，可以知兴替。我们要用历史映照现实、远观未来。"懂借鉴、善吸纳方能提高人生的应急处变能力。经历疫情，人类及其个体因在疫情中的"不当行为"而付出了代价，这些教训应该转化为面向未来、应对风险的宝贵经验。同学们，你们正当鲜衣怒马少年时，但涉世不深，难免自我、自负、盲目和冲动，"人生海海，山山而川，不过尔尔"，遇到大风大浪，要避免翻船落海，需要稳妥地驾驭自己。一是心有明灯不盲从。康德有一句名言："有两样东西，我们愈经常愈持久地加以思索，它们就愈使心灵充满日新月异、有加无已的景仰和敬畏：在我之上的星空和居我心中的道德法则。"只有将"星空"和"道德"内化为心中趋于绝对的原则，形成自我尊严和内在尺度，才能不受外界影响或胁迫，而是坚持原则、坚守内心的价值和追求。希望同学们能吸纳有用的历史启示，形成追求真理、崇尚科学的价值标准和人生指南。二是修为有品不冲动。冲动是魔鬼，它乱方寸、坏事情、伤他人、毁自己！冲动可能是性格使然，也肯定与修为有关，疫情中有人为爱情"一怒冲'关'"，感动了"红颜"却"红码"了一片！希望同学们修行隐忍，以预判的效果和后果来约束自己，为"言行"设规范，为"自由"画疆界，为"权利"定条件。三是胸有全局不自我。当今世界互联互通，诸元交互作用，牵一发而动全身，个体的每一个差错就能给社会带来灾难，一点点失误也会雪上加霜，结果让自己丢脸、给家族丢人、给单位抹黑，甚至"机关算尽太聪明，反误了卿卿性命"！希望同学们要有全局意识、系统思维，知轻重，慎举动，只要心中有他人、眼里有社会，即使面对再大的危难，也不会做出伤害集体、国家乃至人类的行为。

同学们，穿越过往，你们就懂得"虽然代价不可避免，反思不可缺席，但进步将是必然"！"不畏浮云遮望眼"，你们心中就总能充满希望；"风物长宜放眼量"，你们就能胸怀天下、海纳百川。以过往映照前方，博采广纳，就能"任凭风浪起，稳坐钓鱼船"，优雅地谱写你们未来的华丽篇章！

同学们，大学期间面对疫情的这场大考，无论有无缺憾，你们交出的答卷已成序章，或许有精彩也有黯淡，但无论妙笔还是败笔，都是值得一品再品的青春过往。精彩固然值得夸耀，但成长更为重要！已来的未来，人生的大考不会消失。未来的天空不会总是晴空万里，在浮云聚散甚至暴风骤雨的特定时刻，对义与利、公与私的取舍将是你们必须接受的严峻考验。取舍是人生哲学，懂得取舍是人生智慧。在中华民族生死存亡的关键时刻，校主嘉庚先生冒着生命危险捐赠、筹款、组织南侨机工、亲临前线慰问等，为抗战胜利作出了重大贡献，树立了"取舍"的光辉典范！人这一生，取容易，舍最难。要做到愿意舍、勇于舍，需要在"克己"上下苦功夫。"成大事者，破心贼、向内求"，通过克己破除左右你取舍的自私、贪婪等"心贼"，才能赢得各种各样的人性大考。克己是生命中最重要的修炼，克制私欲豁达奉公、克制贪婪适可而止、克制冲动谨言慎行、克制自负兼听则明。克己修身的过程中，所有吞下的委屈将撑大你的格局，所有压缩的欲求将增强你的定力，所有舍弃的利益将宽阔你的胸怀，从而获得脱胎换骨的成长。希望集大学子们能弘扬嘉庚精神，以"舍小我而利公，行大道而忘我"的情怀，以"胜似闲庭信步"的从容，带上陈新川校友和黄阳平教授赠送给你们的人生宝典，乘风破浪奔向"白马秋风塞上，杏花春雨江南"的诗意远方！

　　同学们，这就是我在集大毕业典礼上的"最后"一次唠叨，现在也到了唠叨的"最后"了。那么，"最后"的"最后"，请你们带上往日的歌声、今日的诗意，舒展明日的画卷。无论未来你们身在何方，我渴望，我能因为常常被你们想起而感动！也请你们相信，你们的掌声会让我余生幸福快乐！

　　亲爱的同学们，新的生活已开启，我的"唠叨"就到这里！

唠叨就到这里

往往／感动的时刻／来自于／被学生想起

四年的唠叨／你们记住了几许

若干年后／无论挫折与顺利

你们能否／因为过往的唠叨

而悄悄地把我想起！

常常／幸福的时刻／源自于／想起了学生

多少次的面对面／我记住了你们渴望的眼神

余生的岁月里／任由冰雪与狂风

我都会／因为你们曾经的掌声

而总是快乐地沸腾！

祝同学们平安顺利，成就辉煌人生！

亲爱的同学们，再见！

福建省航海俱乐部旧址（现为集美大学体育学院）

2 泉州师范学院 （作为校长）

曾经的师生　永恒的朋友

——在泉州师范学院 2014 届学生毕业典礼上的致辞

2014 年 6 月 5 日

亲爱的同学们：

早上好！

在这个令人激动和充满幻想的特殊时刻，首先，请允许我代表学校向你们表示最衷心和最热烈的祝贺！

我在这里说代表学校是有些心虚的，因为你们今天能顺利毕业是我校全体教职员工和你们共同努力的结果，而我来到泉州师院还不到一年，我没有给你们上过一次课，甚至没能为你们做一些事，很多同学没有见过我的面，对此我深感愧疚。那么，我能代表什么呢？我想我所能代表的是全校教职员工的心情和心意，正是基于这一点，我才敢站这里。当然，我应该感谢校党委和校行政对我的信任，给了我这个机会。

同学们，你们即将走向四面八方，我还想代表学校表达对你们的依依不舍之情。同时，我觉得我也该向你们表示歉意，由于客观条件的限制，也由于主观因素的影响，学校没能为你们提供更好的学习和生活条件，没能教给你们更多的知识、能力和方法，可能你们还因此受了不少委屈，甚至感到有些不尽如人意，这一点请你们谅解！希望你们把曾经的愉快和微笑带走，把所有的抱怨、牢骚和不满留下。

但是，我想我今天讲话的主要目的应该是表达学校对你们的希望和嘱托。虽然你们已经毕业了，也确实拥有了相当的知识和能力，但面对即将投入社会的你们，或许是教师的职业习惯所致，或许是学校的职责所在，我觉得在这里我还是应该再嘱咐你们两句，作为临别时送给你们的礼物，可能有些婆婆妈妈，甚至有些不合时宜，但我希望你们能记住这两句话，相信这两句话对你们今后的工作和生活会有所帮助的。

我们学校有文有理，我要说的两句话也是一文一理。

第一句话属于文科，做人要有"三心二意（毅）"。"三心"是指责任心、上进心和事业心；"二意（毅）"是指意志和毅力。有了"三心"就拥有了积极健康的人生态度，具备"二意（毅）"就有了战胜困难与挫折的心理准备，并能顺利面对人生的大悲大喜。

第二句话属于理科，"10 与 9 差多少？10 个 10 与 10 个 9 又差多少？"这看似是个简单的算术问题，但按照数学家的计算规则和保龄球行业的计分规则来算，"10 个 10 与 10 个 9"的差别是很大的，因此同学们要学会以非数学或非线性的规则认识社会、适应社会，并创造更好的规则促进社会发展，还要充分认识到第一与第二的潜在区别，并能持之以恒地追求第一。

面对这两句话，不知你们有何感想，今后的工作与生活是否还会感悟到更多类似的问题？

其实，我一点儿也不怀疑你们中的一些甚至很多将来会成就一番大事业。但我同样也相信你们在前进的路上会有各种各样的困难甚至挫折，因为面对竞争激烈、复杂多变的大社会，今天的你们确实还显得弱小、幼稚和简单。工作的压力会很大，生活的担子也很重，前方的路还很远。汗水必将形成小溪、大河，也一定会向着大海奔去，奔流的过程中有苦、有累，但也一定会有甜。

对于今天的你们来说，作为老师，我们的使命完成了；

作为行政管理人员，我们的责任、义务和权力也到头了。但作为校友和朋友，希望我们的友谊是永远的。真心希望母校的教职员工不只是你们生命中匆匆的过客——我们不仅是你们青春往事中美好回忆的一章，更是你们今后工作和生活可持续发展的一个永恒支点和不竭源泉。相信我们，当你们需要母校的时候；欢迎你们，当你们想家的时候！

就要告别母校对面的大海，希望你们带走大海博大的胸怀，即将离开校园中朝夕相伴的草坪，不要忘了带上小草的心态。向着心中的目标，勇敢而智慧地向前走吧！

再见了，亲爱的同学们，祝一路平安、顺利！

泉州师范学院陈祖昌大礼堂

泉师永远是我们共同的家

——在泉州师范学院 2015 届学生毕业典礼上的致辞

2015 年 6 月 24 日

亲爱的同学们：

早上好！

在这个令人激动的特殊时刻，我们在这里举行毕业典礼和学位授予仪式。我们邀请了家长代表、校友代表，一起祝贺 2015 届同学圆满完成学业，分享同学们的喜悦，见证这值得永远铭记的时刻。首先，请允许我代表学校向 2015 届同学和你们的亲人们表示最衷心和最热烈的祝贺！

盛夏六月，是毕业的时节、启航的时刻，也是分别的季节。校园里茂盛的刺桐树、鲜红的凤凰花、挂满枝头的芒果，还有满山的白鹭，记录了同学们的青春年华、激扬岁月，也留下了同学们穿着学位服或帅气或靓丽、或调皮有趣或正经严肃的身影。看到这些，作为过来人，作为一个老学生，我的心情比你们还激动！作为老师，作为家长，我看到同学们已长大，要远行，与所有家里人一样，真诚祝福又依依不舍。

泉州师院是我们共同的"家"。在这个"家"里，我想，我们一定在某个地方见过，也许在图书馆自习室轻轻地从你的身边走过，也许在运动场远远地看过你尽情地挥洒汗水，也许在食堂里我们一起聊学习、聊人生，甚至聊一些八卦的话题，也许我们只是在路上擦肩而过，并没有说过一句话。今天，你们就要走向四面八方，而学校的全体教职员工还将守护我们这个"家"，守望着你们凯旋，在此我代表家人再说几句话。

此时此刻，我要再次祝贺同学们学有所成。在学期间，教学楼、图书馆、实验室、运动场留下了你们充实、温馨、永恒、无悔的奋斗足迹和青春回忆。你们当中，有人在国内外各类重要竞赛中频获佳绩，在国际和国内重要活动中频频亮相表演或参展，有人考上了哈佛大学、国内"985工程"名校的研究生，有人考上了公务员、教师，有人找到了很好的工作，有人把握"大众创业、万众创新"的大好机遇，把创业做得风生水起。足见，你们已经收获了知识、掌握了能力、提升了文化水平，因此，无论何时何地，请你们拥有自信，你们是优秀的！我们的

"家"为你们感到自豪!

此时此刻,我要感谢同学们参与建设我们学校这个"家"。在学期间,你们见证了学校发展的点点滴滴。学校获批培养硕士专业学位研究生试点工作单位,实现了从举办本科教育向举办研究生教育的飞跃;学校顺利通过省级文明学校评估,营造了更加美丽、文明、和谐的校园氛围;学校获得首批省级"2011协同创新中心"、建立了泉州地区高校首家院士工作站,带动了教学、科研、学科建设水平的提高。同学们见证了我们的"家"正在往越来越好的方向发展。今后,无论何时何地,请你们持续关注,为我们"家"的发展鼓劲喝彩!

此时此刻,我要为没能给同学们在学期间创造更好的学习生活条件表示歉意。教室、宿舍没有空调,图书馆座位不够,运动场地不足,还有拥挤的宿舍,等等,看到这些,我感到惭愧,真心地向同学们道歉。你们中的一些人可能以为是学校不作为,不是呀,同学们,我们这个"家"真的穷呀!你们肯定不知道,有一年的年底学校连工资都发不出来,是游书记亲自去向市里借钱来解决困境的。这两年咱"家"的条件才稍微好一些,同学们也应该能感受到学校福利条件的变化。请你们相信,我们"家"

的家长们一直在努力，一直在争取。今年，学校将完成宿舍空调安装、完成第二餐厅重新装修、完成教室课桌椅更新、完成琴房统一装修、完成图书馆新增阅览室改造装修。同时，学校正在推进第二田径运动场建设、教室空调安装、多媒体教室改造，等等。这些福利更多的只能给学弟学妹们了，你们作为哥哥姐姐不也希望他们的条件能够得到改善吗？我在这里说这么多是希望你们把所有的抱怨、牢骚和不满留下，不要让这些负面因素影响你们今后的工作和生活，影响你们的发展，更不要干扰你们与这个"家"的关系。希望你们带走知识，带走曾经的快乐与欢笑，带着学校老师对你们永恒的爱！

亲爱的同学们，今天的毕业典礼结束，泉州师范学院对于你们就从学校变为母校，你们对于泉州师范学院就从学生变为校友。但是，泉州师范学院这个你们人生的加油站永远是我们共同的"家"。在普通家庭中，有着"出门饺子进门面"的传统习俗，饺子形状像元宝，祝愿出门的人平安顺利多挣钱，并预示今后的团圆。从你们这一届开始，我们"家"将在毕业典礼的这一天请所有毕业生吃饺子，祝福即将走出校园的同学们在今后的人生道路上不断收获成功的喜悦和生活的快乐。母校希望通过这样的形式，在你们青春往事的回忆中多一份温馨和美好。请你们相信，母校随时欢迎你们回"家"团圆，特别是当你们想这个"家"的时候！

亲爱的同学们，带上我们这个"家"敢拼善赢的精神，带着四年加满的油，带着对这个"家"的思念，向着憧憬中的快乐与幸福，勇敢而智慧地去追求吧！

再见了，亲爱的同学们，祝你们一路平安、顺利！

泉州师范学院南益实验楼（化工与材料学院）

学而不已人生美 知行合一梦成真

——在泉州师范学院 2016 届学生毕业典礼上的致辞

2016 年 6 月 23 日

亲爱的同学们：

早上好！

今天，我们在这里举行泉州师范学院 2016 届毕业典礼和学位授予仪式。家长代表、校友代表也一起来庆祝你们圆满完成学业，分享你们的喜悦。在此，请允许我代表学校向 2016 届同学和你们的亲人们表示最热烈的祝贺！

此时此刻，面对即将离开泉州师院的 5000 多位学子，我和全校教职员工，还有你们的学弟学妹，都对你们依依不舍。这几天的夜晚，我依然独自穿行在校园，明亮的月光加剧了我的不舍。我在想，你们是否担心，随着你们的离校，独自行走的我会变得有些孤独！

明天，你们将从母校这个加油站出发，开始人生的新征程。母校祝愿你们都能拥有美好的人生，都能实现自己的梦想。可我有些担心，还不够成熟的你们如何在缤纷复杂的社会中更好地前行。

无数成功达人通过网络向你们描绘未来和成功。罗振宇说要自带能量，自成系统，全能接口，像一个 U 盘一样；王煜全说新的产业协作是积木式的，是长板与长板的结合，是科学家与懂科学的企业家的结合；张德芬说人要完善自己并建立良好的亲密关系，就要修补童年时原生家庭带给我们的情感缺陷与压抑。有人说未来社会，审美能力比勤奋更重要，还有人说个人满足、家庭和睦才是人生最大的成功。

或许他们说的都对，那么你们要从哪里入手，才能最终取得成功呢？我能想到的只有一个办法：养成终身学习的习惯！虽然以后老师们不再逼着你们学习了，也没有成绩排名，但这个社会时时刻刻都在给每一个人排名。愿意终身学习，意味着你相信指数型的成长曲线，相信时间的力量，相信利息理论。这么多年的学校教育给了你们一些通识和专业知识，但并不能说你们已经成为社会需要的人才！所以，千万不要以为离开了大学就可以告别学习，千万不要以为你所学的已经足够了！因此，请记住我的第一句话：要想人生美好，必须学而不已！

学而不已，因为你们别无选择地生活在一个历史悠久而又变化加速的世界。这个世界既有太多博大精深的优秀文明和灿烂文化，也有日新月异的新知识、新技术。近10年，说是时代裂变也不为过。这是一个科技井喷的时代，一个社会协作方式和人际关系重新构造的时代，一个自由信息瓦解权威垄断的时代，一个虚拟体验替代经验传授的时代，一个对多元化生存越来越宽容的时代，一个物质生活越来越舒适而背后的系统性消耗越来越高昂的时代。英国专家 J. 马丁测算，人类知识每 3 年增长 1 倍。在知识经济浪潮的席卷下，裂变效应导致知识更新的速度不断加快。知识折旧律表明，一年不学习，你所拥有的全部知识就会折旧 80％。只有以每年 6％到 10％的速度更新知识和思维，才能适应未来社会的需要。

你们面对的社会是复杂多变的，分分钟闪出许多无法想象的新事物来"秒杀"你，认知计算、深度学习算法、云计算、大数据、DT 时代、P2P、新消费、三维产业等新技术、新思维、新概念层出不穷，这些新事物不仅改变着人们的认知和思维方式，而且深刻影响着社会发展的环境和轨迹。你必须不断强化学习去接受纷沓而来的新事物，去感知社会的风云变化，否则很快会被淘汰。终身学习成为每个现代人生存和发展的格调。现代人的第一需要是学习，不学习无法认知，不学习无法适应，不学习无法发展，不学习会被抛弃。以前说"活到老学到老"，现在说"学到老才能活到老"！

李嘉诚就是学而不已、事业长青的典范，他终身坚持每天工作后必定学习，80多岁时，为了解人工智能的发展，他还花费很大力气学习进化论算法。耄耋老人尚且终身学而不已，即将开创事业的你们更要把"学而不已"的理念根植于生命中，让它像呼吸一样如影随形。

当然，需要你们学习的内容还有很多，感恩、担当、宽容、爱与被爱以及为人父母，等等。

学而不已，还需知行合一，实践和行动有时候甚至更重要。学习知识的最终目的不是坐而论道，而是要把知识物化为能改变社会、让生活变得更美好的工具。因此，走入社会后，你们要提高应用和转化知识的能力，在实践中反复思考如何更好地应用所学，需要再学习哪些实践中欠缺的知识和能力，把知识从理论层面物化为实际应用，让所学充分发挥作用，真正能够解决生活和工作中的实际问题，产生现实的经济或社会效益。

未来社会缺乏的不是掌握了一大堆知识的硕士和博

士，而是能够高效运用和转化知识去改变与引领社会的创新人才。将知识的应用做到极致的当属乔布斯，他从小就迷恋电子学，1972 年乔布斯入读里德学院，但只念了 6 个月就退学了，工作之余，他常到社区大学旁听学习，其中有与专业无关的美术字课程。1976 年 21 岁的乔布斯组装了第一台电脑，并把美术字课程学到的内容应用到电脑的排版设计上，使电脑有了漂亮而丰富的印刷字体，随后成立了苹果公司。乔布斯只读了半年大学，电子学和美术方面知识积累的并不多，但知识应用和转化的卓越能力让他成为改变世界的最伟大的创新领袖之一。神话般的创业领袖马云，大学读的是外语专业，毕业后开办了一家翻译社，但入不敷出，为了生存，马云曾背着麻袋去义乌、广州进货，卖鲜花、礼品和医药。1994 年，在西雅图的互联网服务提供商（ISP）公司领略到互联网的神奇后，马云创办了中国第一家互联网企业，由此创造了中国互联网的传奇。马云肯定不是互联网知识最多的拥有者，但一定是最好的应用者之一。相反，曾经无比辉煌的百年巨头柯达公司，尽管成功研发了第一台数码相机，由于没有及时将新技术转化为生产力，最终被迫申请破产。

以上事例说明，或许你们会在知识的创造上不如名牌大学的学生，但你们在知识的转化和应用能力上一定不要轻易认输，甚至完全可以超越他们，我相信你们！所以，我希望你们记住第二句话：只要知行合一，梦想必定成真！

同学们，无论你们曾经多么优秀或者多么"低调"，今天，你们又站在了同一个起点，若干年后，能否成为精英或大咖，创造出自己的美好生活，你所依靠的将不是大学期间的成绩和表现，而是毕业之后学而不已的精神和知行合一的力度。

同学们，毕业典礼后，你们将成为校友，希望你们时时关注和支持母校的发展，做母校最忠实的粉丝，经常为母校的发展点点赞，提提意见，但请永远不要"粉转路"，更不要"粉转黑"呀！我承诺，一定以越来越好的母校来欢迎你们常回"家"看看！

亲爱的同学们，戴上戒指，吃好饺子，戒指饱含着专属母校的念想，饺子预示着今后的团圆，这是母校小小的心意，也是母校最好的祝愿！

再见了，亲爱的同学们，祝你们人生美好、梦想成真！

3 厦门大学 （作为教师代表）

三心递进　毅意第一

——在厦门大学 2002 届学生毕业典礼上的发言

2002 年 7 月 2 日

亲爱的同学们：

早上好！

在这个令人激动和充满幻想的特殊时刻，首先，请允许我代表我校的全体教师向你们表示最衷心和最热烈的祝贺！

我要声明我这里所说的代表是有限度的，因为你们很清楚在我校的教师队伍中，不乏英俊潇洒、风度翩翩之人，而我的外观和尺寸是绝对远远低于平均水平的，因此，从形象上，我是代表不了我校教师的，这是第一；第二，我校拥有许许多多著名的专家、学者、院士、博导，这些我都不是，我校拥有众多的国家级和省级重点学科，还有许多实力雄厚的其他科系，而我只是一名来自年轻的化工系的普通教师，从身份上讲我也代表不了他们；第三，我校的许多教师，他们都具有渊博的知识、高深的学问和伟大的人格，这些内在的修养与丰富的内涵更是我所代表不了的。那么，我能代表什么呢？我想我所能代表的是教师们的心情和心意，正是基于这一点，我才敢到这里来发言。当然，我应该感谢校领导、院领导对我的信任，给了我这个机会。

同学们，在向你们表示祝贺之后，想着你们即将走向四面八方，我还想表达老师们对你们的依依不舍之情。同时，我觉得我们也该向你们表示歉意，由于客观条件的限制，也由于主观因素的影响，我们没能教给你们更多的知识、能力和方法，可能因此而使你们受了委屈，甚至感到有些不尽如人意，这一点请你们谅解。我们希望你们把愉快和微笑带走，把抱怨、牢骚和不满留下。

但是，我想我今天发言的主要目的应该是表达老师们对你们的希望和嘱托。刚才陈传鸿校长已经从更高的层次上给大家提出了希望和要求，我这里是以老师的身份来叮嘱大家的。虽然你们已经毕业了，也确实拥有了相当的知识和能力，但面对即将投入社会的你们，或许是教师的职业习惯所致，我觉得在这里我还是应该再嘱咐你们两句，作为临别时送给你们的礼物。可能有些婆婆妈妈，甚至有些不合时宜，但我希望你们能记住这两句话，相信这两句话对你们今后的工作和生活会有所帮助。

我们学校是个综合性大学，我要说的两句话也是一文一理。

第一句话属于文科：做人要有"三心二意（毅）"，"三心"指责任心、上进心和事业心。也就是说，做人、做事都要按照责任要求去做好，再通过苦干巧干和学习提升来积极争取进步，当个人和业务发展到一定程度后，要把所从事的工作当作一个事业来做，而不只是追逐经济利益和个人利益，有了这"三心"就拥有了积极健康的人生态度。"二意（毅）"指毅力和意志。毅力指即使一切都平稳顺利，也需要持之以恒才能达成目标。但人生总会遇到各种各样的情形，比如成功时的得意忘形、目中无人，失败时的灰心丧气、自暴自弃，必须有坚强的意志来陪伴自己，才能战胜困难与挫折，才能顺利面对人生的大悲大喜！

第二句话属于理科："10与9差多少？10个10与10个9又差多少？"这是个简单的数学问题，对吗？也对，也不对。如果按照数学家的规则，10 个 10 与 10 个 9 就差 10，但如果按照保龄球行业的算分规则，连续 10 次都打中 10 个和每次只打中 9 个，二者的差别是很大的！这说明社会生活中会存在很多非数学规则，根据这些规则，偶尔表现优秀和一直表现优秀所能获得的社会回报是完全不同的。所以同学们不能只生活在线性的规则里，更需要认识社会的非线性规则。要学会以非数学的规则去认识社会、管理社会，也需要明白第一与第二的隐形区别，并勇于追求第一。

面对这两句话，不知你们有何感想，今后的生活是否还会感悟到更多类似的问题？

其实，我一点儿也不怀疑你们中的一些甚至很多将来会成就一番大事业。但我同样也相信在你们前进的路上会有各种各样的困难甚至挫折，不是我在诅咒你们，因为面对竞争激烈、复杂多变的大社会，今天的你们确实还显得有些弱小。工作的压力会很大，生活的担子会很重，前方的路还很远。汗水必将形成小溪、大河，也一定会向着大海奔去，奔流的过程中有苦、有累，但也一定会有甜。

对于你们来说，作为老师，我们的使命完成了；作为主任、院长等管理者，我们的责任、义务和权力也到头了。

但作为朋友，我希望我们的友谊是永远的。真心希望我们这些老师不只是你们生活中匆匆的过客——老师们不仅是你们青春往事中美好回忆的一章，更是你们今后工作和生活可持续发展的一个永恒的支点和不竭的源泉。相信我们，当你们需要母校的时候；欢迎你们，当你们想家的时候！

就要告别环抱母校的大海，希望你们带走大海博大的胸怀，即将离开美丽校园中朝夕相伴的草坪，不要忘了带上小草的心态。向着心中的目标，勇敢而智慧地向前走吧！

再见了，亲爱的同学们，一路平安、顺利！

厦门大学建南楼群

附　录　听众与读者留言（节选）

由于媒体技术发展，在开学或毕业典礼的讲话和致辞之后，常常会看到许多留言和评论，大多来自学生、校友、老师和家长，这里节选其中的一部分如下。感谢这些学生、老师和朋友的关心与支持，感谢你们的鼓励与批评、建议与期望！

1.集美大学 2017 年毕业典礼讲话留言

（1）回想 20 年前的 9 月，那是彪哥第一次作为系主任，迎接我们这批厦大 1997 级化工的新生，同样的演讲，同样地精彩。时光如梭，彪哥的情怀依旧……

（2）诗意盎然，振奋人心！尊敬的李校长也激励着我们身居海外的老校友，迎着陈嘉庚先生的光芒，奋勇前进！

（3）李校长讲得真好，为李校长喝彩，为集大加油！

一进集大门，永是集大人！爱你，集大！

（4）或许还没有经历世事的学弟学妹们还未能全然体会校长的思想，走过岁月，体会过成功，经历了挫败，方知字里行间全是智慧。纵然已是百丈冰，心中依旧花枝俏。

（5）有思想，有文采；有深度，有激情；有诗意，更有远方……很精彩的致辞，值得回味和纪念的寄语。

（6）不愧为集大校长，这哪是毕业典礼演说，这简直就是一篇诗情并茂的范文，赞！

（7）气势磅礴，震撼人心。学校培养出的大学生，不应是极端精致的利己主义者，而应该具有"为天地立心，为生民立命，为往圣继绝学，为万世开太平"的襟怀！

（8）下午和彪哥合影，还让他给了专属赠言和签名，问我要写什么，我说"愿你成为更好的人"，彪哥写了"比我更好"。啊啊啊，这个很难哪！！不过好喜欢他啊！！

（9）不懂什么诗不诗意的，只是单纯觉得这种引经据典的能力好厉害，这种信手拈来的感觉，果然是高手啊！

（10）好一位有诗意更有远方的校长！每一次讲话都能振奋人心，让人热血沸腾、充满力量！

（11）让我们领略集大新校长的风采，情真意切，励志!

（12）给彪哥点个大大的赞，不知何时集大中文系的校友能同您交流下诗歌同我们的诗意人生。

（13）好文采，我将收集起来，慢慢地反复拜读、聆听。

（14）集大的学生有福了，李校长文笔真好，引用很多诗词典故，讲述了学生们离开校园后如何工作、学习和生活!

（15）想起去年彪哥在泉州师院，亲自为我们2016届的每一位毕业生拨穗，从上午到下午5时，那时候就十分羡慕2016届的学长学姐，非常期盼今年也能让彪哥为我拨穗，彪哥却走了。彪哥我还是爱你!

（16）谆谆教诲，殷切期盼，似清风如清流——别人家的校长!

（17）出走半生，归来依旧是少年。来年挥斥方遒，还有那书生意气。感谢这些年能在文化人多的地方待着，感谢这些年，在看重精神和灵魂的地方诗意过，梦了很久，如今踏上天涯，但愿还敢做梦，还能有梦，而踏下的每个脚印，都会是逐梦的印记，无数集大学子的脚印，则汇聚成一段逐梦的史诗。

（18）李校长激情四射、才华横溢的讲话让我更加深刻地认识到无论学什么专业，深厚的文学基础和宽广的知识面都会使人如虎添翼，飞得更高，走得更远！我突然真正领悟了大学注重全人教育的理念。

2.集美大学 2018 年毕业典礼讲话留言

（1）校长真的可以说是可爱又有礼貌，讲话前先向四周鞠了一躬，超感动的。

（2）清彪校长，真是翔安人的骄傲，也是我们闽南李家的荣耀。

（3）校长一定也是个赶时髦的人，微信、支付宝、刷脸……新科技得心应手！

（4）有深度，有广度！古今中外，上知天文，下知地理。

（5）好校长！我们看到了集大腾飞的希望！

（6）亲民好校长，集美学子之幸！

（7）赶上集大百年校庆，百年一遇！作为集大学子，我倍感荣幸！清彪作为集大百年校长不负众望！点赞！

（8）李校长从领袖、名人到快递小哥，引经据典，妙语连珠，语重心长地告诉大家现实是这样的：一方面，科技的迅猛发展已将"变"推进到极致；另一方面，"碎片化"变成了时代特征。而目前尚年轻的你，是随波逐流任凭时间碎化甚至把时间碎片化，是苟于安逸、怯于仗剑、沉于庸俗，把自己变成油腻的你，还是把碎片时间串成生命的华美项链，争分夺秒，早抢跑早努力，把握大学毕业后的紧要十年，实现优势富集效应，磨炼出成熟的心智、优秀的品格和卓越的能力，拥有选择的权利和自由，赶上父母老去的速度，更有尊严、更有成就地活着？是的，差距即将拉大，青春很快不再，我们还有时间犹疑吗？2028年，回味李校长 2018 年的讲话，那时候的你，是笑还是无奈？

（9）明年轮到我们听演讲……现在看了很有感触，抢跑啦啦啦……

（10）人与人之间差距的拉大，决定因素之一就是"紧要之处"的抢跑。越早抢跑，就能越早实现优势富集效应。优势富集效应是上天赐给每一个披星戴月奋斗者的美丽惊喜，只要在"紧要之处"比别人早努力一点，造成的"势"就能把起点的微弱优势滚雪球般地富集成巨大优势，让你脱颖而出，捷足先登进入海阔天空的境界。

（11）作为离校 21 年的学子，为母校的进步喝彩！为校长的真情流露鼓掌!

(12)作为老乡和曾经的集大学子,彻底服了彪哥!连续关注了彪哥几年来在不同学校的毕业致辞,为彪哥也为我的百年集大点赞!

3.集美大学 2019 年毕业典礼讲话留言

(1)迷了彪哥三年,今天终于在现场听了演讲,还听到了彪哥唱歌,彪哥还给拨了穗,还跟彪哥说了话……啊啊啊啊!校长太平易近人了!啊啊啊啊!

(2)最具才华又务实的校长,为中国有这样优秀的大学校长而感到自豪!受人尊敬!万人的演唱会,虽然票价为零,但价值和意义无限!祝福集大!

(3)校长的演讲很振奋人心,最后的献歌温暖动人。作为毕业四年的学姐,我切身领悟了迈入社会先不要想怎么赚钱而要学怎么扎根,职场是一条漫漫长路,希望大家能记住校长的话,去体验、去拼搏,开启新的人生旅程!

(4)曾经和彪哥面对面座谈,深深被彪哥的人格魅力折服,祝福彪哥工作一切顺利!百年集大蒸蒸日上!

(5)2009 年 6 月,我们毕业了!十年了!当时还没有这种全校性的毕业仪式,只是学院范围的。十年了,看到母校的信息都忍不住多看看，还能勾起浓浓的记忆。校长发言确实振奋人心，说得真好，歌也唱得好。暖暖的！

（6）6月份回母校有幸见到了校长，和蔼可亲，如父如兄。今天又听到校长熟悉的歌声，让集美每位学子心中充满振奋！

（7）很开心有这么一位可爱敬业的彪哥，记得近距离见彪哥是在"皇家八餐"，彪哥走到我们旁边说："你们是哪个专业的学生，饭菜贵不贵？这不够吃吧，再吃一碗。"然后我们说："便宜，够吃，够吃。"他笑着看了看我们。真的，真的，很暖心，超和蔼。最后，祝学长学姐们前途似锦，鹏程万里！

（8）说实话，我很敬佩校长，不是因为他如何亲民，而是在这几年里我看到了集大着实的进步，看到领导班子们把集大（学科）往主流（学科）的评价标准上带，并且取得很大成效，欣喜程度不是一两句话可以概括的，真的谢谢你们的努力。我永远记得陈副书记在古龙礼堂讲的集大 flag（目标），我相信这个五年计划一定会实现的！最后，作为毕业学子，我永远以母校为傲，也希望他日母校为我荣光。集大人一起冲！

（9）4月份的时候，一天中午放学我去食堂比较晚，在路上遇到校长，我并不知道是他。我们在路上像朋友一样聊了很多，最后到西苑他说请我去三楼吃饭，我说二楼的面好吃！结果我自己就去二楼了。越想越觉得很眼熟，一百度，发现是彪哥……

（10）2002 年毕业，工作至今，深深体会爱拼才会赢之道，集美大学为拥有才华横溢、工作忘我、一心为校的彪哥感到自豪，祝福每位毕业生心想事成。

（11）每年的致辞都详细拜读，非常务实，非常接地气，非常贴近学生的心灵！

（12）李校长热情洋溢演讲，是肺腑之言，更是学弟学妹应该静心聆听在集大的最后一堂课！人生没有一帆风顺，唯有爱拼才会赢！祝福集大学子前程似锦，祝福母校蒸蒸日上！

（13）"大学之道，在明明德，在亲民，在止于至善。"亲民这一点，今天是深刻感受到了彪哥有多亲民。作为2019 届毕业生一员，上台拨穗的时候很荣幸是书记给拨的，当时彪哥就在我右手边，差点伸手求握了，克制住了。当时还觉得很遗憾，后来中午在万人吃毕业自助餐的时候，彪哥来慰问了!!! 很亲切地来到我们身边，跟我们逐一握手了，吼吼吼吼吼！嘻嘻，走的时候又握了一下！

达成毕业成就：跟彪哥握手！

（14）能作为彪哥课题组学生我感到骄傲——来自一位正坐在建南大会堂毕业典礼上的学生。

（15）拥有双博士后经历和工科学位的李校长真的是用心良苦，曾经有北大校长唱《隐形的翅膀》，集大在闽南之乡，当然要用闽南歌为学子祝福。校长辛苦了。

（16）看了李清彪校长在集大2019届学生毕业典礼上的致辞，感悟良多。致辞表达了一位校长对当代大学生的殷切期望，入情入理，动人心扉。希望更多的人能够欣赏这篇致辞。衷心谢谢李校长！

（17）四年大学生活，我想说其实我不想走其实我想留……你是我青春中浓墨重彩的一笔，谁也无法替代，永远的集大学子。彪哥威武！

（18）最好的校长寄语，有情怀，接地气，很实在。

（19）感恩集大！作为一名毕业十几年的集大学子，回首大学，我感觉特别幸运。在这样一个环境美、老师更美的大学度过了美好的四年时光，谢谢我的老师们给了我太多的支持和关爱，这份关爱一直是我内心最温暖的阳光。走上社会，带上母校的祝福，爱拼才会赢，一起加油！

（20）李校长演讲非常精彩！演唱非常动听！是最具才华、最务实、最有魅力的校长！

（21）校长演讲闪烁着智慧的光芒，对校友们提四点感悟：第一，要始终提升判断变化的能力；第二，要始终提升应对变化的能力；第三，要永远持之以恒；第四，要坚持做一个阳光灿烂的人。

（22）彪哥致辞，字字珠玑，毕业学子需用心感悟！我等历经千帆，再读已泪流满面！

（23）为有这样的大学庆幸，集聚天下之美！为有这样的校长庆幸，泽润万千英才！为这样的彪哥点赞，妙语连珠！

（24）第一次听彪哥唱歌，他在毕业季以《爱拼才会赢》送八方学子，祝勉拼世界拼天下！彪哥是个风趣、血性的大学校长！

（25）彪哥真的棒极了！细思量，最难忘就是彪哥的忠言逆耳。

（26）《爱拼才会赢》唱出闽南人的性格，唱出校长的期望，唱出人生起伏之波澜，唱出波澜壮阔之豪迈！祝贺集美大学又一届学有所成的学生毕业典礼圆满成功！祝集大学子前程锦绣，为国争光！

（27）别具一格的毕业典礼致辞！唤起爱拼才会赢的干事创业精神！彪哥校长赞！

（28）记得 2016 年在泉州师院，怀念彪哥在师院的日子。2019 年同样即将毕业，感恩能遇到彪哥这样的校长！

（29）身处此时此景，应是百感交集，思如泉涌。有感而发，动人心弦！

（30）语重心长，令人感动！最后以爱拼才会赢的精神，鼓励学生即将面临社会实践的挑战，一定要有信心。校长您是我们家乡的骄傲！

4.集美大学 2020 年毕业典礼讲话留言

（1）校长要求我们要在合适的时机该婚就婚，该生就生，来日不方长，永远当集大的崽，去年因为一些事没有参加毕业典礼，心里还是特别遗憾，今天特意观看了毕业典礼直播，心里还是有点慰藉。

（2）研究生期间聆听过校长三次讲话，每次讲话都热情洋溢，富有感染力，非常接地气，为校长打 call！！！

（3）彪哥文理兼容并蓄，致辞人文理性交融。

（4）演讲精彩，富有感染力，接地气……一切尽在不言中。真诚为您点个赞，顺祝集大越办越顺！

（5）认真听完，弥补一下当年未到现场的遗憾。敬奉天道行有止，恪守人道事有度！

（6）视角跨越古今中外，在宏观微观之间自由游走。对生命、宇宙、人类及其相互关系和影响用短短数语就能说得清清楚楚。对学生的临别赠言极具指导意义。既有思想又有文采的一篇经典毕业演讲，读后想回去从小学语文开始学起。

（7）这演讲稿非常了得，人文百科，天文地理，引经据典，排比对偶，很少能看到这么精彩的文字。点365个赞。

5.集美大学2021年毕业典礼讲话留言

（1）"我们上面有人了！"忘不了校长荡气回肠的这一句话，把中国航天憋了几十年的气狠狠地吐了出来。爱国爱党爱集大，预祝亲爱的党一百岁生日快乐！

（2）李清彪校长的危机意识说到心底去了，永远铭记在心！感谢集美大学四年培育！未来的我因为我是个集大人而精彩！

（3）我们可爱接地气的彪哥还会唱《爱拼才会赢》呢！

（4）李博士的讲话句句经典，处处蕴含着对学子的深情厚爱，平安顺利，忧患意识，居安思危，危中寻机……我们上面有人了，学子们前程似锦！

（5）给集大学子的人生宝典，文笔太好了！

6.集美大学 2022 年毕业典礼讲话留言

（1）毕业这么多年，每年都会听集大校长的毕业寄语，集大人，诚毅校训。

（2）穷能守义善其身，达行正道兴天下。愿此去繁花似锦，愿归来一切如故。

（3）天大的荣耀，集大的幸运，愿彪校永康安，祝学子是脊梁！

（4）李校长的成长经历，就很励志：小时家境贫寒（穷），到现在的集美大学校长（达）；三字"上、止、正"，我的理解"正直、良知、上进"；"穷能守义善其身，达行正道兴天下"。唱《送别》送别毕业生，诚恳、殷切！

（5）集美大学校长李清彪，完美"校长毕业"，满分！

（6）在教书育人兴天下的路上，您从未停止。彪哥，我永远学习的榜样，我以您为傲。

（7）国家退休制度要改变啦，希望李校长留任 5 年！

（8）穷不失义，达不离道，在为自己创造美好生活的同时，也为国家繁荣、为人类共同的美好未来，贡献集大人的智慧、力量、善心、大义。

（9）这是一篇难得的好文，对穷与达的认识，深刻透彻，读后深表赞同，发人深省！

7.集美大学2023年毕业典礼讲话留言

（1）作为毕业已三十三年的老校友，看到李校长的致辞，仿佛又回到了南国他乡的烟雨缥缈中，向所有的校友们致敬！

（2）文章谆谆意，真情见真章。辞序章迎华章，以诚毅刻印章。

（3）克己修身的过程中，所有吞下的委屈将撑大你的格局，所有压缩的欲求将增强你的定力，所有舍弃的利益将宽阔你的胸怀，从而获得脱胎换骨的成长。

（4）每年都会在这里听李校长的"唠叨"，反思人生，继续前行！祝福母校永铸辉煌，祝福学弟学妹们前程似锦，一路芬芳！

（5）看到此文，好感动，李校在厦大工作时是我侄女的导师，那时候侄女生活条件比较困难，他给予了关心帮助爱护。感恩！

（6）"心中有他人，眼里有社会"，李校长就是这样的好老师。希望您继续"唠叨"。

（7）晚上再看一次致辞全文，即将离开学校，哭得好惨！

（8）不是唠叨，是语重心长的叮嘱。我们记住您深爱我们的日日夜夜。集美四年，遇见您，受您谆谆教诲，是我们人生长河中十分难忘的、值得珍惜的时光。我们为有您这样"致力爱的奉献"的校长而感到荣幸、荣耀。尊敬的李清彪校长，请您放心：我们一定不负韶华，一定会效力八闽大地，耀眼中华！

（9）这是每年毕业季最期待的一件事，连续听了四年彪哥的毕业致辞，每字每句都是对各位集大学子的深深教导和殷殷嘱托。未毕业时，听着能做好应对步入社会的准备；正毕业时，听着找到了自己的人生志向；在毕业后，听着坚定了自己的奋斗方向。在自己独处的时候会去翻看收藏夹里的彪哥讲话文字稿，常常反思，总是慰藉。

8.泉州师范学院2014年毕业典礼讲话留言

（1）听完校长的致辞，心中满是感激与不舍。感谢泉师这四年来的培育，这里的一草一木都承载着我的回忆，真的很舍不得离开。

（2）校长提到的"三心二意（毅）"，让我深刻认识到责任心、上进心、事业心以及毅力和意志的重要性。这些将是我未来人生路上最宝贵的财富。

（3）"10与9的差别"让我意识到，在竞争激烈的社会中，追求卓越、永争第一才是我们不断前进的动力。我会带着这份信念，勇往直前。

（4）校长希望我们带走大海博大的胸怀，我会铭记在心。无论未来走到哪里，我都会以一颗宽广的心去包容、去理解这个世界。

（5）校长说"差1分也要较真"，记住了！以后做PPT都要卷到最后一秒。

（6）离开校园，我不会忘记带上小草的心态。坚韧不拔、默默生长，这是我对自己的期许。

（7）虽然校长说这些话可能有些婆婆妈妈，但我知道，这些都是师长们最真挚的嘱托。我会把它们珍藏在心底，时刻提醒自己。

（8）母校不仅是我知识的摇篮，更是我成长的见证者。无论未来成就如何，我都不会忘记母校的恩情和教诲。

（9）泉州师院，四年青春全藏在这里了！带着你的叮嘱，我要去新世界闯一闯。

（10）再见了，亲爱的泉州师范学院！我会带着你的祝福和期望，勇敢地走向未来。也祝愿母校越来越好，培养出更多优秀的人才。

9.泉州师范学院2015年毕业典礼讲话留言

（1）李校长的致辞让我流泪，他不仅是校长，更像一位父亲，在叮嘱我们。

（2）校长扶正流苏时，我感受到他对每个学生的重视。

（3）校长，您这致辞真是暖心又接地气啊！

（4）彪哥说我们是"优秀的"，这话我爱听！

（5）饺子寓意好，母校真是用心良苦啊！

（6）"敢拼善赢"，这精神我们带上了，谢谢彪哥！

（7）第30分钟开始彪哥的催泪演讲！

（8）听了李清彪校长的讲话，感觉他不仅是我们的校长，更是我们的朋友和引路人。

（9）听到彪哥说"母校永远是港湾"，突然觉得离校也没那么怕了！

10.泉州师范学院 2016 年毕业典礼讲话留言

（1）舍不得母校，校长作词的《我真的不想说再见》MV 让我哭成泪人。

（2）李校长的教诲让我铭记校训"善学如泉，正心至大"。

（3）听到校长对家长和老师的感谢，瞬间想起四年里辅导员深夜查寝的身影。

（4）毕业典礼上听到"学而不已"，比任何鸡汤都有力量。

（5）作为毕业生看的最后一场师院欢送晚会，彪哥《我真的不想说再见》，你们受触动了吗？校长亲自为 4000 多名同学拨穗站了一整天！真的很辛苦！彪哥上任，师院改变有目共睹，为我们的彪哥点赞，祝福毕业生前程似锦！母校越来越好！

（6）将大学比作驿站，既浪漫又充满启程的勇气。

（7）作为师范生，我要把校长的教育理念传递给学生。

（8）"要想人生美好，必须学而不已！"彪哥，这句话，我记住了。

（9）校长的古文引用，让我决定重读《孟子》……

（10）希望建立校长推荐书单，延续学习传统，对"大学驿站"的比喻，想立即设计成毕业纪念品。

（11）校长的人文关怀，让我们这届的毕业典礼独具温度。

（12）彪哥说："亲爱的同学们，戴上戒指，吃好饺子。"让我泪流满面。

（13）很爱彪哥……真的偶像……太多品质值得我们学习。

11.厦门大学2002年毕业典礼讲话留言

（1）听了李老师的临别讲话，深受感动，感谢李老师四年来对我们孜孜不倦的教诲，让我们能够顺利地在大学学习、生活、成长。印象最深刻的是"三心二意（毅）"，责任心、上进心、事业心、毅力和意志这五个词将作为我人生前进道路上的座右铭。

（2）李老师的毕业赠言，如上弦场吹拂的海风，吹散对前路的迷茫。用"三心二意（毅）"拆解人生课题，这教会我"责任心"是立身之本，"上进心"是突破瓶颈的钥匙，"事业心"是过滤浮躁、沉淀理想的勇气。毕业之际，揣着在厦大四年的淬炼，或许成不了惊涛骇浪，但会踏实走好每一步，拥抱时代赋予的化学反应！

（3）彪哥的一句文科话，一句理科话，"三心二意（毅）"，以 10 跟 9 的区别去追求第一。谨遵师嘱，今天以小草的心态，向着心中的目标，走出厦大校门。

（4）大学四年，始于李老师的"茁壮的小草"，终于彪哥的殷殷期望和谆谆嘱托。老父亲般的关爱与严厉，醍醐灌顶的话语触动、陪伴了四年，也将温暖和指引着未来无数个四年。

后　记

　　当年的这些讲话或致辞之后，彼时的一些网络媒体进行转载报道以及部分听众、读者留言和评论，这些带来积极的社会影响。客观上，这些报道和回应，扩大了所在大学的影响，提升了师生校友的归属感和自豪感，一定程度地促进了学校或系科的发展。

一、讲话和致辞的媒体报道及其社会影响

　　2017 年 2 月—2023 年 10 月，本人在集美大学 7 次开学典礼（不包括研究生开学典礼）和 7 次毕业典礼上的讲话和致辞，先后 12 次被人民日报、央视新闻、光明网、中国网、中国青年报、中国教育报、观八闽等中央媒体新媒体端报道，先后 77 次被福建日报、福建电视台、福建

发布、海博 TV、海博直播、东南网、海峡导报、福建共青团、澎湃新闻、北京青年报、白鹿视频、厦门日报、厦门电视台、厦视新闻、特区新闻广场、厦门晚报、海西晨报、看见集美、天下集美等省市地方媒体平台报道，浏览点赞数累计达 1.33 亿次、评论互动数累计达 20.03 万次。

集美大学学校视频号《开学典礼校长李清彪寄语新生！认知自我，明晰方向!》《刚刚，又双叒叕被集大宝藏校长圈粉啦!》《"最后"的"最后"，校长李清彪赠诗送别 2023 届毕业生》等作品入选全国本科院校视频号热门视频 Top 10。其中，《开学典礼校长李清彪寄语新生！认知自我，明晰方向!》位列第四，学校视频号单周影响力指数位列全国本科院校视频号影响力指数第二位（位于北京大学和清华大学之间）;《"最后"的"最后"，校长李清彪赠诗送别 2023 届毕业生》位列第七，学校视频号单周影响力指数位列全国本科院校视频号影响力指数第二位。在学校 2022 级新生开学典礼上的讲话视频片段，经集美大学官方视频号、抖音号发布后，在网络上引发较大关注和良好反响，各平台转发阅读量超 1 亿，微博话题居全国热搜榜第五。

由于本人经常要审阅学校的人才引进表，会看到不少博士在各方面都很优秀，但就是没有对象或者没有结婚，还看到越来越多的优质年轻人考虑或选择单身的现实后，在集美大学 2020 届学生毕业典礼上的致辞中，提出"建议集大学子们，机缘成熟时该婚就婚，政策允许时该生就生，并养育好下一代，为国家提供更多优质的人力资源"，这个讲话内容被某媒体剪辑做成"该婚就婚、该生就生"的抖音后，流传广泛。让本人倍感骄傲的是，在转年的 2021 年 5 月 31 日，中共中央政治局召开会议，研究放开一对夫妻可生育三个子女的政策，并于 7 月 20 日正式公布，8 月 20 日完成法律修订，政策自 2021 年 5 月 31 日起实施。

二、三所大学的发展变化与美好祝愿

对于本人在开学典礼和毕业典礼上的讲话，无论是媒体的正面报道，还是听众的热情呼应，既是对本人及工作团队的鼓励，也是对所在学校的积极宣传，实实在在地提升了学校的影响力和感召力，也更好凝聚了大学师生员工、校友和社会各界的情感与力量，从而更有效地推动学校的改革发展。很自豪地看到，厦门大学化工学科在经历不到 30 年的发展之后已经进入教育部学科评估的 A⁻ 行列（成为当年厦门大学也是福建省唯一上榜 A 类别的工科类学科）；很高兴地看到，集美大学在软科中国大学发展速度排名榜（2017—2022）上位列全国第 32 名、福建省高校首位；很欣慰地看到，泉州师范学院 2018 年 11 月获批教育部第一批中华优秀传统文化传承基地（福建省唯一入选高校），2022 年入选福建省一流应用型建设高校（A 类）。

现在，虽然我已退休，但我还是满怀期望也完全相信，我工作过的这三所大学及相关院系学科会越来越好，也祝愿所有的校友都能事业健康发展、生活幸福快乐！如果这本书的出版能够为此再贡献一点点力量，我会很开心的。